I0564880

TELEPHONT

Y.f. 5702

TRAGI·COMEDIE

de Gabriel Gilbert

Representé par les deux Troupp
Royalles.

A PARIS,

Chez TOVSSAINT QVINET, au Pa
la petite Salle, fous la montée de la Cour
des Aydes.

M. DC. XLIII.

AVEC PRIVILEGE DV RO

A MADAME
MADAME
LA DVCHESSE
DEGVILLON
ADAME,

Quoy que ie doutaſſe du ſuccez de cette piece, ſi toſt qu
i'appris que vous l'auiez choiſie pour vne aſſemblée ſolennelle
ie commençay d'en eſperer beaucoup ; ie creus qu'elle em
prunteroit vn grand eſclat de voſtre preſence, & que ſa deſti
née ſeroit heureuſe, puis que vous preniez le ſoin de la faire
Ie ne fus point trompé dans mon attente, & l'eſtime que vou
en fiſtes fut ſuiuie de celle de toutes les perſonnes iudicieuſes
elles deferent tant à voſtre iugement, qu'elles croyent qu

ã

leur opinion n'est iamais si faine que lors qu'elle est conforme à la voftre. Ainfi, MADAME, en penfant me donner vne approbation particuliere, vous m'en auez donné vne generale. Mais ie fuis contraint d'auöüer que mon ouurage doit tout fon uftre à vos loüanges, & non pas à fon merite, & que la reputation qu'il a euë eft pluftoft vne marque de voftre faueur qu'vne preuue de mon efprit. Il eft vray, MADAME, que cefte piece n'eft pas entierement defectueufe, qu'elle a quelque chofe non feulement de beau, mais auffi d'efclattant, & que fi la richeffe de la forme euft refpondu à celle de la matiere, elle auroit peu paffer pour vn chef-d'œuure. On dict qu'vn des plus fameux Poëtes de l'Antiquité a trauaillé autrefois fur ce fubiet, & le plus fçauant des Philofophes en parle comme d'vn exemple de perfection. Mais cefte Tragedie n'eft point paruenuë iufques à nous, & le temps qui ne refpecte pas les plus beaux ouurages nous a rauy celuy-cy. Il nous en eft pourtant refté quelque chofe, & l'Hiftoire ancienne qui en a conferué la meilleure partie m'a fourny la matiere de ce Poëme. C'eft elle, MADAME, que vous auez admirée, & non pas la foibleffe de mes penfées, & par vne grace particuliere, vous n'auez pas voulu diftinguer l'vn de l'autre, ny feparer mes defauts des vertus d'autruy. Vous n'auez pas voulu parler de la rudeffe de mon ftyle, mais de la beauté de l'inuention, & ce ne font pas mes vers que vous auez loüez, mais le courage, de Merope, & la conftance de Philoclée. Vous ne feriez pas equitable comme vous eftes, MADAME, fi vous n'euffiez hautement loüé ces deux grandes Princéffes, puis que toutes leurs actions ne font qu'vn portraict de voftre vie heroïque. Les vertus qui brilloient autrefois en elles, reluifent maintenant en vous, comme elles vous les sites efclatter en tous lieux, & comme elles vous treuuez dans

EPISTRE.

Voftre race vn Heros, qui comme vn autre Telephonte eft l'_
nement de fon fiecle, & la gloire de fa patrie. Quelque acco_
plies que foient ces deux illuftres Grecques, il faut toutef_
qu'elles vous cedent, & vos vertus font autant au deffus _
leurs que les vertus Chreftiennes font au deffus, des vert_
Morales. I'ay parlé de leurs perfections, mais ie ne fuis pas _
pable de parler des voftres. Elles iettent vne fi grande lumie_
qu'elle m'efbloüit; Mais en m'empefchant de les contempl_
elle ne m'empefche pourtant pas de les connoiftre. Ie me d_
arrefter à cette connoiffance, fans en difcourir, & fans ent_
prendre vne chofe qui feroit au deffus de mes forces. I'ay_
mieux faire voir mon refpect par mon filence, que mon infu_
fance par mes paroles. Et afin de ne paffer pas pour ingrat apr_
les graces dont ie vous fuis redeuable, i'ay voulu feuleme_
vous faire paroiftre le reffentiment que i'en ay: Et combien_
m'eftime heureux de ce que ce mefme ouurage qui vous a do_
né occafion de me tefmoigner voftre bonté, me donne auffi_
moyen de la publier par tout, & de me dire,

MADAME,

Voftre tres humble & tres-obeiffa_
feruiteur. G. G.

Fautes suruenuës en l'Impreßion.

Age 5. vers 11. au lieu de Phicoclée, *lisez* Philoclée. p.11. vers 2. au lieu de viuante, *lisez* viuante. p. 19. aprés le 9. vers au lieu de Demochare, *lisez* Amynthor. p. 15. vers 10. il voudroit, *lisez* uoloit. p. 17. vers 1. Cleobule Madame, *lisez* c'est Tyrene Madame. p.35. vers 4. mon interest, *lisez* voltre interest p.38. vers 5. au lieu de qu'il, *lisez* s'il. p.53. vers 11. assassin à, *lisez* assassin est. 3. vers 4. ie suis, *lisez* ie sens. en la mesme page vers 5. s'accorde, *lisez* succede. en la mesme page ort, *lisez* sort. en la mesme page vers 15. i'eus, *lisez* i'ay. p.64. vers 11. & tout ton corps fondroit, & ton corps foudroyé. p.65. vers 6. & de mesme ainsi, *lisez* & de vous mesme ainsi. p. 66. vers udeue, *lisez* Eudeme. en la mesme page vers 8. le fleuue, *lisez* ce fleuue. p. 69. vers 7. mes plus emis, *lisez* mes fiers ennemis. p.71 vers 2. dissimule mon ame, *lisez* dissimulons mon ame. o. vers 14. à son pareil, *lisez* à tes pareils. p. 64. vers 3. on l'arrache, *lisez* & l'arrache. p.85 vers uiuant ma destinée, *lisez* suiuent ma destinée. p. 88. vers 10. dans l'aube de la nuict, *lisez* dans mbre de la nuict. p. 93. vers 9. me renient, *lisez* me retint. p.97. vers 2. son crime ô dieux, *lisez* crimes ô dieux.

PERSONNAGES.

HERMOCRATE,   Tyran de Micene.

DEMOCHARE,   Son fils.

MEROPE, Femme du Tyran & vefue de Crefphonte.

TELEPHONTE, Fils de Merope & de Crefphonte.

PHILOCLEE, Fille d'Amynthas Roy d'Etolie &
         Maiftreffe de Telephonte.

TYRENE,   Confident de Telephonte.

CEPHALIE,   Confidente de Merope.

ORPHISE,   Confidente de Philoclée.

La Scene eft à Micene dans le Peloponefe.

TELEPHONTE
TRAGI-COMEDIE.

ACTE I.

SCENE PREMIERE.

MEROPE CEPHALIE.

MEROPE.

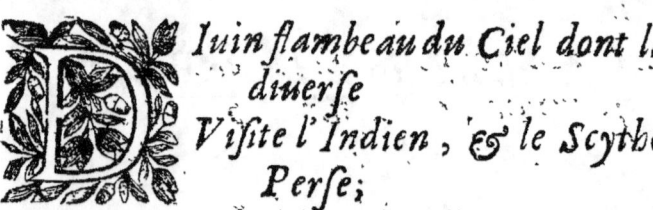

Iuin flambeau du Ciel dont la course
diuerse
Visite l'Indien, & le Scythe, & le
Perse;
Qui portes ta lumiere en cent climats diuers,
Et qui fais tous les iours letour de l'Uniuers.

A

TELEPHONTE,

Toy qui de tous les Dieux fçais mieux ce que nous
    fommes,
Qui peux mieux remarquer l'infortune des hômes,
Qui cōnois leur mifere, & luis fur leurs tombeaux,
Et d'horreur tous les iours t'en caches fous les eaux.
Fus-tu iamais touché d'vne fi iufte plainte ?
I'ay veu dans vne nuict ma race prefque efteinte;
Vn barbare vn Tyran de mon bonheur ialoux,
Ma rauy mes enfans, & mon fidelle époux.
Par vne impieté qui n'eut iamais d'exemple,
Il a tué fon Roy iufques dedans vn Temple,
Aux yeux de fon Efpoufe & des Dieux immortels
Et de ce facré fang fait rougir les Autels.
Ce grand heros eft mort par la main d'vn perfide;
Qui ne fut pas content apres ce parricide,
Il voulut qu'vn deffein plein d'horreur s'accōplift,
En occupant fon thrône il entra dans fon lict,
Et pour mieux fatisfaire à fa cruelle enuie,
Il luy rauit le Sceptre, & fa femme & la vie,
Toufiours de puis ce temps, & ce crime odieux,
Crefphonte & mes enfans font prefens à mes yeux.
O mortel fouuenir ! ô douleur trop amere!
I'ay les reffentimens : & de femme, & de Mere,
Auecque mon Efpoux i'ay mon fang à vanger,
Le trefpas du Tyran peut feul me foulager,
Il peut à mes douleurs donner de l'allegeance,

Et ſi ie vis encor, ie vis pour la vengeance,
Ouy le deuoir m'y force, & ie l'entreprendray
Et ſi ie ne le perds au moins ie me perdray.

CEPHALIE.

Il vous reuere trop pour vous faire vn outrage,
Ce barbare pour vous laiſſe dormir ſa rage,
Vos apas l'ont charmé, pres de voſtre beauté,
Il quitte la fureur, l'orgueil, la cruauté,
La ſanguinaire humeur qui fait que l'on l'abhorre,
Son eſprit s'adoucit, diray-je plus encore,
Pour vous il ceſſe d'eſtre au nombre des Tyrans.

MEROPE.

Qu'eſt-ce que tu me dis, & qu'eſt-ce que i'aprens?
Ne m'at'il pas traictée auecque tyrannie?
N'ay-ie pas eſprouué ſa brutale manie?
Apres s'eſtre ſouillé dedans le ſang des miens
Ne m'at'il pas rauy mon honneur & mes biens?
Depuis trois fois cinq ans il me tien en ſeruage
eſt-ce là cét amour?

CEPHALIE.

Mais par ſon Mariage
Il croit tout effacer.

A ij

TELEPHONTE,

MEROPE.

Ah ce fut malgré moy,
Ie donnay bien la main, mais ie retins ma foy ;
A ce traistre le Ciel ne m'a point destinée,
La pudique Iunon, ny le sainct Hymenée,
Ny l'amour coniugal n'ont point vny nos cœurs ;
La Discorde plustost, & Megere, & ses sœurs,
Vn furieux amour, & les haines mortelles,
Sont venus allumer ces Nopces criminelles,
Le nom de ravisseur, & non celuy d'Espoux,
Pour qui m'a violée est encore trop doux ;
Ouy l'Hymen qu'il oppose à ma iuste colere,
N'est qu'vn lien infame, & qu'vn long adultere.
Digne pour le punir d'vn suplice eternel,
Ie ne suis point coupable il est seul criminel,
Ce qu'il fit par fureur ie le fis par contrainte,
Que pouuoy-ie à la force opposer que la plainte,
Chere ombre, cher Cresphonte, escoute mes transports,
Si ton lasche meurtrier rend esclaue mon corps,
Tu possedes tousiours & mon cœur, & mon ame,
Et dans les bras d'autruy ie suis encor ta Femme.

CEPHALIE.

Vn fils vous reste encor chez les Etoliens,
Que l'on comble à Chalcis & d'honneur & de biens

Que leur Roy genereux deſtine pour ſon gendré,
Il viendra vous vanger, il viendra vous deffendre.

MEROPE.

Vingt ans ſont eſcoulez depuis qu'en cette Cour,
Loin des yeux du Tyran il reſpire le iour,
Et quand ie le ſauuay de cette main meurtriere,
A peine il iouïſſoit de la douce lumiere,
Il n'auoit encor veu que le cours d'vn Soleil
Mais eſt il de malheur à mon malheur pareil,
Ie faiſois en ſecret eſleuer Telephonte,
Pour perdre Hermocrate, & pour vanger ma honte;
Mais ce Dragon veillant en fin la decouuert,
C'eſt là ce qui le ſauue, & c'eſt ce qui me pert.

CEPHALIE.

Auecque ſa valeur tout vn peuple le garde,
Comme ſon Roy futur çe peuple le regarde,
Le fauory des Dieux, le puiſſant Amynthas
Luy donnera ſa fille auecque ſes Eſtats,
En vain l'orgueilleux fils du ſuperbe Hermocrate
Pour luy donner la main la menace & la flatte,
Il n'a point cét honneur d'eſtre ſorti de vous
Pour pretendre à celuy d'eſtre vn iour ſon Eſpoux
Phicoclée eſt conſtante & rien ne la ſurmonte,
Elle hait Demochare & cherit Telephonte,

A iij

Quoy qu'il puisse arriuer cette illustre beauté
Ne donnera son cœur qu'à qui la merité.

MEROPE.

O bons Dieux que ie plains cette ieune Princesse
Quelle a dans cette Cour, d'ennuis & de tristesse,
Et qu'vn iniuste sort l'enleue à ses parens,
La faisant deuenir le butin des Tyrans.
Le Ciel là fait tomber dans la main d'vn Pyrate,
Pour la rendre captiue en cette terre ingratte,
Pour gemir dans les fers, voir ses desseins trahys
Loin des yeux de son Pere, & loin de son pays.
Encor que son destin soit triste & deplorable
Son malheur & le mien n'ont rien de comparable:
Mais ie crains pour mõ fils encor plus que pour moy;
On bannit de ces lieux la pudeur & la foy:
Où le crime peut tout rien n'est en asseurance.
Ah! superbe Tyran.

CEPHALIE.

Viuez en esperance,
L'amour le peut flechir, le Ciel l'humilier.

MEROPE.

Ne sçais-tu pas l'Edict qu'il a fait publier
Et le nouueau tourment que sa fureur m'apreste?

N'à-t'il pas de mon fils fait proscrire la teste,
Et cinquante talens n'en sont-ils pas le prix ?
Sçachant ce que peut l'or sur de lâches Esprits,
Tu vois si i'ay raison de former cette plainte,
Et si ie dois changer mon esperance en crainte.
A toute heure i'attens qu'vne homicide main
Vienne pour demander à ce Tygre inhumain,
L'effect de sa promesse, & le prix de son crime.

CEPHALIE.

La iustice du Ciel veut vne autre victime:
Mais Hermocrates vient.

MEROPE

    Ah ! ie le voy, c'est luy
Qui dans sa main iniuste a le Sceptre d'autruy.
Il faut dissimuler nostre pieuse haine.
Et tascher de flechir sa fureur inhumaine;
Pour espargner mon sang il faut verser des pleurs;
Et peindre sur mon front l'excez de mes douleurs;
La raison ne peut rien sur cét esprit farouche,
Mais auec la pitié faisons qu'elle le touche.

SCENE II.

LE TYRAN MEROPE.

LE TYRAN.

Ace du grand Archas, & de ces pre-
   miers Roys,
Qui dans ce doux Climat ont fais fleu-
   rir les loix ;
Cet honneur est bien grand, mais le Ciel vous fit
   telle,
Qu'on vous peut dire encor moins illustre que belle,
Bien qu'entre nos heros vous contiez vos ayeulx:

MEROPE,

Ils brillent dans l'Olympe, & ie souffrent en ces
   lieux,
Ainsi que leur bonheur mon malheur est extreme.

LE TYRAN.

Et quoy n'auez vous pas vn espoux qui vous aime,
Ne partagez vous pas mes honneurs & mes biens?
Quoy.

Quoy ne regnez-vous pas sur les Messeniens ?
Dans le Peloponeze, & dans toute la Grece
Vous reuere-t' on pas comme grande Princesse ?
Quel est donc le sujet qui cause ce soucy ?

MEROPE.

Ie suis Reine, il est vray, mais ie suis Mere aussi,
Et i' ay les sentimens que la Nature donne :
A quoy me peut seruir l'éclat qui m'enuironne,
Ce sceptre, cette pourpre, & ce bandeau Royal ?
A quoy me sert ce bien, s'il n'empesche mon mal ?
Que me sert vostre amour esprouuât vostre haine ?

LE TYRAN.

Pouués-vous estimer que cette amour soit vaine,
Qui vous a conserué vostre honneur, vostre rang ?

MEROPE.

Quoy peut-on cherir ceux dont on respand le sang ?
Et massacrer le fils dont on aime la Mere ?
Est-ce là ce grand soin que l'on prend de me
    plaire ?
Ah ! reuoquez plustost cét Edict violent,
Que l'on peut dire injuste autant qu'il est sanglant.

LE TYRAN.

Mais ma vie autrement n'est pas en asseurance.

B

MEROPE.

C'est vn crime.

LE TYRAN.

Ou pluftoft vn acte de prudence.

MEROPE.

Qui pert vn innocent.

LE TYRAN.

Mais qui conferue vn Roy.

MEROPE.

Il fe doit conferuer fans violer la loy.

LE TYRAN.

Mais la loy la plus forte eft la loy naturelle.

MEROPE.

Cette loy fuit le crime, & n'eft iamais cruelle;
Elle abhorre le meurtre, & les lafches deffeins,
Et tous fes mouuemens font & iuftes & faincts;
Vous fuiuriez la vertu, fi vous l'auiez fuiuie.

LE TYRAN.

Elle enfeigne à chacun de conferuer fa vie,
Et de la preferer mefme à celle d'autruy;
C'eft ce que iuftement ie pratique auiourd'huy:

Telephonte ennemy de l'espoux de sa mère,
Ne peut me voir viuante, ny souffrir vn beau pere,
Il dit qu'il me perdra, qu'il vangera les siens,
Iusques dessus mon thrône, entre les bras des
    miens;
Ie le veux preuenir, & punir sa folie;
Ie le feray perir iusques dans l'Etolie,
Iusques dans son azile, à la Cour d'Amynthas,
Mon pouuoir s'estendra bien plus loin que son
    bras.
Ouy ce funeste Edit, cette noire tempeste,
Est vn foudre mortel lancé contre sa teste,
Qui le doit terrasser sous son puissant effort,
Et qui porte auec soy la vengeance, & la mort.
Ainsi donc iustement m'opposant à sa rage,
I'oppose au mal le mal, & l'outrage à l'outrage.

MEROPE.

O Ciel! ô iuste Ciel!

LE TYRAN.

    De quoy vous plaignez-vous?

MEROPE.

Mesprisez-vous mes pleurs?

LE TYRAN.

    Suis-ie pas vostre espoux?
                                B ij

TELEPHONTE,

Le saint nœud qui nous joint, le Dieu qui nous
    assemble,
N'a-t'il pas confondu nos interests ensemble ?
Ouy, ouy, quelqu'autre objet qui vous puisse
    toucher,
Le salut d'vn mary vous doit estre plus cher.

MEROPE.

Helas sauuez mon fils, & perdez cette enuie.

LE TYRAN.

Si sa vie est ma mort, sa mort sera ma vie :
Tous ces souspirs sont vains, & ces pleurs super-
    flus,
Le dessein en est pris, qu'on ne m'en parle plus.

MEROPE.

Si l'on verse mon sang, si le fils suit le Pere,
La parque en mesme temps enleuera la Mere,
Sa mort est vostre vie, & sera mon trespas,
Ie quitteray ce corps pour le suiure là bas.
S'il descend chez les morts, il faudra que ie meure,
Et son dernier moment sera ma derniere heure.

SCENE III.

LE TYRAN, DEMOCHARE.

LE TYRAN.

Madame. Elle s'en va pleine de desespoir,
Ie ne puis l'oüir plaindre, & ne pas m'es-
mouuoir,
Ah que ie suis troublé!

DEMOCHARE.

Pour les pleurs d'vne femme
Faut-il que la douleur s'empare de vostre ame?

LE TYRAN.

Bien que son dueil me cause vn déplaisir secret,
Et bien qu'en l'affligeant ie l'afflige à regret,
Ce n'est pas là mon fils tout ce qui me tourmente,
D'vn songe que i'ay fait l'image m'espouuente:
Aprens si i'ay raison d'en auoir tant d'effroy,
Cresphonte cette nuit a paru deuant moy.

B iij

DEMOCHARE.

Cresphonte!

LE TYRAN.

Ouy, i'ay veu ce malheureux Monarque,
Tel que lors qu'il tomba victime de la Parque ;
Le teint paſle & deffait, & le corps tout ſanglant,
M'appellant par trois fois, mais d'vn ton triſte
   & lent :
Ie ſors, ce m'a-t'il dit, du ſeiour effroyable,
Pour te ramenteuoir ton crime abominable ;
Contemple ton Roy mort, repais tes yeux cruels,
Mais croy qu'il eſt des Dieux, & des feux eter-
Lors il eſt diſparu, que dis tu de ce ſonge ?   (nels,

DEMOCHARE.

Ce que l'on dit de tous, le ſonge eſt vn menſonge,
Vn ſimulachre vain qu'engendre le ſommeil,
Vn fantoſme leger qui s'enfuit au reſueil,
Et qui n'a de pouuoir que ſur la fantaiſie.

LE TYRAN.

D'vne ſecrette horreur i'ay l'ame encor ſaiſie.

DEMOCHARE.

Faut-il eſtre troublé d'vn obiet deceuant,
Et peut-on craindre vn mort qu'õ attaqua viuãt ?

D'vn corps qu'ō a destruit peut on redouter l'ōbre?
Cresphonte vous estonne, & rend vostre humeur
   sombre;
Vous qui l'apprehendez triomphez des son sort,
Il n'est rien, vous regnez, vous viuez, il est mort.

LE TYRAN.

Mais son fils est viuant.

DEMOCHARE.

                    Sa triste destinée,
Pour borner vos soucis sera bien-tost bornée;
Et les talens promis par vostre Edit prudent,
Pourroiēt faire vn meurtrier mesme d'vn cōfidēt,
L'espoir d'vn si grand gain, la recompense offerte,
Emportera plusieurs à conspirer sa perte.

LE TYRAN.

N'apprehendés donc rien, on a conté trois mois,
Depuis que dans Missene on publia ces loix.

DEMOCHARE.

Quoi perdés-vous si tost l'espoir & le courage?
Ne faut-il pas du temps pour faire le voyage,
Choisir l'occasion, & la prendre à propos?

LE TYRAN.

Ah! long retardement fatal à mon repos.

Ce foin trouble le cours de ma bonne fortune,
Qui m'en deliurera?

DEMOCHARE.

    Si dedans vne Lune
Perfonne n'execute vn fi hardy deffein,
Ie m'offre à luy plonger vn poignard dans le
 fein.
A moy feul appartient de tuër Telephante,
Ie ne fçaurois fouffrir qu'on publie à ma honte,
Que le defir de l'or ait eu plus de pouuoir,
Que l'amour paternelle & la loy du deuoir.

LE TYRAN.

Bien plus que mon repos ta perfonne m'eft chere.

DEMOCHARE.

On doit tout hazarder pour le falut d'vn pere.

LE TYRAN.

Ton courage me plaift, mais ie n'en puis vfer,
Le peril eft trop grand où tu veux t'expofer,
I'ay fongé dés long-temps vn moyen plus facile,
Si mon malheur rendoit cet Edict inutile.
Ie tiens, comme tu fçais, la fille d'Amynthas,
Qu'vn Pirate amena iufques dans mes Eftats,
Et pour la vendre icy larauit fur Neptune.
Son pere la regrette, & fçait fon infortune,

        De

De ſon Royaume entier il la racheteroit,
Mais ce ſeroit en vain quand il me l'offriroit,
Il faut pour la rauoir me rendre Telephonte.

DEMOCHARE.

Si de cette demande il ne fait point de conte.

LE TYRAN.

Ie luy feray ſçauoir que ie me puis vanger,
Et le menaceray de la faire égorger.

DEMOCHARE.

L'égorger, ô bons Dieux !

LE TYRAN.

Ne crains rien, mais eſpere,
Et ie fais ce diſcours pour eſtonner ſon pere,
Pour le faire reſoudre à tout ce que ie veux :
Ton amour ſuit mõ choix, & l'approuue tes feux,
Ie priſe Philoclée, & te le dis encores,
Non pas pour ſes beautés qui font que tu l'adores;
Mais comme l'heritiere, & la fille d'vn Roy,
Qui tient vn vaſte Empire, & regit ſous ſa loy,
Ces fameuſes cités, & ces terres fecondes,
Que le beau fleuue Euene arrouſe de ſes ondes.
Ce vieux Roy que les ans courbent vers le tõbeau,
Luy veut quitter le ſceptre, & le royal bandeau;
Pour l'eſleuer au thrône il s'appreſte à deſcendre,

C

TELEPHONTE,

Et semble pour mourir n'attendre plus qu'vn
  gendre,
De force, ou d'amitié, c'est toy qui le seras,
Par cet illustre Hymen, mon fils, tu regneras,
Et la Grece verra deux Rois dans ma famille.

DEMOCHARE.

Mais rendant Telephonte il reprendra sa fille,
Estant hors de vos mains, & n'en disposant plus,
Mon amour sera vaine, & vos soins superflus.

LE TYRAN.

Auant que d'enuoyer vers le Roy d'Etolie
Ie veux qu'vn Dieu vous ioigne, & que la foy
  vous lie,
Vnis d'vn sacré nœud, qui vous peut diuiser ?
Son pere apres cela n'en peut plus disposer,
Ny l'oster de tes mains sans la couurir de honte ;
Il faudra qu'il l'a laisse, & rende Telephonte,
Il faudra qu'Amynthas consente à ton bon-heur,
Pour sauuer à sa fille & la vie & l'honneur.
Mais on dit que l'ingratte est contraire à ta
  flame.

DEMOCHARE.

Il faut, si mon amour ne peut rien sur son ame,
La traiter en esclaue, vser d'authorité,
Et luy faire des loix de vostre volonté.

LE TYRAN.

Dis luy qu'à cet Hymen il faut qu'elle s'appreste,
Que ie veux dés demain en celebrer la feste.

DEMOCHARE.

Ah Seigneur qu'auez-vous! ô bons Dieux vous
trembleʒ !

LE TYRAN.

Malgré moy mes esprits sont encore troublez,
Cresphonte me reuient sans cesse en la pensée,
L'affreuse vision n'en peut-estre effacée;
Ie veux sacrifier aux noires Deitez,
Et tâcher de fléchir les Manes irritez :
Que Chrysante, Amynthor, donne ordre au sa-
crifice.

DEMOCHARE.

Ie vais l'en aduertir.

LE TYRAN.

Ma crainte est vn supplice.
Ie n'auray point l'esprit en paix ; ny satisfait
Que cet Edit sanglant n'ait produit son effet.

DEMOCHARE.

Esperez seulement, la mort de Telephonte
Dissipera bien-tost l'ennuy qui vous surmonte.

Fin du premier Acte.

C ij

ACTE II.

SCENE PREMIERE.

MEROPE. PHILOCLEE..

MEROPE.

E n'ay rien obtenu ny pour vous ny
　　pour moy,
Le Tyran foule aux pieds la iuſtice
　　& la loy;　　　　　(alterée,
Son ame veut mon ſang, elle en eſt
Il eſt inexorable & moy deſeſperée.

PHILOCLEE.

Comment, au deſeſpoir vous vous abandonnés.
Seruês-vous des conſeils que vous m'auê donnés,
Lors qu'vn Aſtre ennemy me declarant ſa haine,
Ie me vis amener captiue dans Miſſene.
Vn deſeſpoir plus iuſte alloit borner mes iours,
Et rien ne me retint que vos ſages diſcours;
Vous conſolliés autruy, conſolés-vous vous
　　meſme.

MEROPE.

Mon mal est sans pareil.

PHILOCLEE.

Et le mien est extreme.

MEROPE.

Nos maux sont differens.

PHILOCLEE.

Ie souffre plus que vous.

MEROPE.

Ah ! ie crains pour mon fils.

PHILOCLEE.

Et moy pour mon espoux.

MEROPE.

I'ay dedans les douleurs qui me déchirent l'ame
Les sentimens de Mere.

PHILOCLEE.

Et moy ceux d'vne femme.
Apres tant de malheurs que vous auez pleurez
Que vos yeux à pleurer sont encor preparez,
I'ay veu d'vne saison la course terminée
Depuis que dans ces lieux ie plains ma destinée,

C iij

Sans auoir encor peu ioüir d'vn seul moment,
Où ie pússe auec vous souspirer librement.
Ny d'vn illustre fils vous raconter l'histoire
Aussi pleine de maux qu'elle est pleine de gloire.
Nos barbares Tyrans nous obseruans tousiours
M'ont osté le moyen d'en faire le discours.
Iusqu'à ce triste iour que ces ames brutales
M'ont mis en liberté pour mes nopces fatales.
Ils me flattent en vain, & i'ay donné ma foy,
Ie suis à Telephonte, & Telephonte à moy.
L'on deuoit celebrer nostre heureux hymenée,
Au retour de Delos où l'on m'auoit menée,
Pour accomplir vn vœu que ma mere auoit fait:
Mais le cruel destin en retarda l'effet.
O Dieux qu'en vn moment la fortune est chan-
    geante,
Tout sembloit à souhait respondre à mon attente,
Le Ciel estoit serein, & les flos adoucis,
Ie découurois desia les hauts murs de Chalcis,
Lors que ie vis changer mes plaisirs en miseres,
Et les liens d'Hymen aux chaisnes des Corsai-
    res.
Mais pour rendre mes maux plus rudes & plus
    grands,
Ie passay de leurs mains en celles des Tyrans,
Et de fille de Roy ie deuins leur captiue.
Voyez donc de quels biens la fortune me priue,
Et iugez si vos maux surpassent mes douleurs.

MEROPE.

Le fort de mefme caufe a tiré nos malheurs;
Nous fouffrons des Tyrans l'Empire illegitime,
Nous fommes toutes deux les efclaues du cri-
me.
Ah mon cher Telephonte!

PHILOCLEE.

    Vn fils vous peut toucher,
Mais mon affection me le rend bien plus cher,
Vous ne l'auez point veu depuis fa tendre en-
fance,
Vous aimez par inftinct, & moy par connoiffance:
Vous l'aimez feulement comme venant de vous,
Moy comme vertueux & comme mon efpoux;
Et l'on nous efleuoit à la Cour de mon pere,
Sous les aimables noms & de fœur & de frere,
Que l'Hymen feulement deuoit changer vn iour,
Afin que l'amitié fift éclorre l'amour.
Ah fi vous auiez veu ce fils incomparable!
Et fi vous connoiffiez fon addreffe admirable,
Son efprit, fa valeur, fa generofité,
Son Zele enuers les fiens, fa grande pieté,
Comme il haït les Tyrans, & la fainte colere,
Dont il eft embrazé dés qu'il penfe à fon pere,
Ah fi vous connoiffiez fon ardente amitié!
Ie croy que voftre amour s'accroiftroit de moitié.

MEROPE.

Que ce difcours me plaift, continuez encore,
Il charme auec mes fens l'ennuy qui me deuore:
Si tes hautes vertus furpaffent tes malheurs,
Mon fils, c'eft t'offencer que te donner des pleurs.

PHILOCLEE.

Il n'auoit pas feize ans, quand fa vertu guerriere
Trouua pour s'exercer vne illuftre matiere.
Le perfide Lycas par fes lafches projets,
Ayant contre mon pere excité fes fujets,
Mis l'effroy dans nos champs, & le feu dans nos
  villes,
Telephonte appaifa les tempeftes ciuiles;
Car de fes propres mains ayant tué Lycas,
Les rebelles vaincus mirent les armes bas.
Ah qu'il le fit beau voir quand il fit fon entrée,
Dans les riches citez du petit fils de Rhée;
Et qu'on vit éclatter dans vn char triomphant,
Ce Heros qui n'eftoit encore qu'vn enfant:
Chacun crût voir vn Dieu tant il auoit de gloire,
Et tant il empruntoit d'éclat de fa victoire.
Les peuples deliurez des maux qu'ils auoient eus,
Efleuoient iufqu'au Ciel fon nom & fes vertus.
A de nouueaux lauriers fa valeur veut pre-
  tendre,
Et fils auffi pieux comme genereux gendre,

Il

TRAGI-COMEDIE.

Il veut vanger son pere ayant vangé le mien,
Voyant qu'en Etolie on ne craignoit plus rien,
Il demande aussi-tost que ces troupes fidelles,
Dont on s'estoit seruy pour vaincre les rebelles,
Luy seruissent aussi pour vaincre les Tyrans,
Et retirer des fers son peuple & ses parens.
Il en prie Amynthas, le presse, l'importune,
Mon pere qui prenoit le soin de sa fortune,
Qui l'auoit esleué dés ses plus tendres ans,
Luy conseille d'attendre encore quelque temps,
Doutant de sa prudence, & non de son courage,
Mais luy qui ne sçauroit attendre dauantage,
Qui prend pour vn refus vn tel retardement,
Dit qu'il sert des ingrats, & s'en plaint hautemēt,
Et qu'il ira luy-mesme accomplir son enuie,
Qu'il perdra le Tyran, ou qu'il perdra la vie.
Il eust executé tout ce qu'il projettoit,
Mais auecque mes pleurs l'amour qu'il me por-
Le retenoit tousiours à la Cour de mon pere. (toit,
Il voudroit se vanger sans pourtant me deplaire,
Et les larmes aux yeux il n'osoit me quitter.
Mais ne me voyant plus, ne pouuant l'arrester,
Ie sçay qu'il poursuiura sa premiere entreprise,
Il viendra furieux iusqu'au bords de Pamise,
Pour y trouuer la mort ; c'est là tout mon soucy.
C'est là toute ma crainte.

MEROPE.

Et c'est la mienne aussi.

D

Mais il faut toutefois diſſimuler ma haine,
I'attens de iour en iour le genereux Tyrene,
Il peut chaſſer ma crainte, & mes ſoucis cuiſans,
Il ſçait tous mes ſecrets, c'eſt luy depuis quinze ans.
Qui porte & qui rapporte auec des ſoins fidelles.
De mon fils & de moy, les ſecrettes nouuelles.
Mais la ſœur du ſoleil a fait trois fois ſon tour,
Depuis qu'il eſt party ſans eſtre de retour.
Iamais de le reuoir ie n'eus ſi grande enuie,
Pour ſçauoir ſi mon fils eſt ſorty de la vie,
Où ſi ſa diligence a preuenu ſa mort,
S'il a peu l'aduertir qu'on veut borner ſon ſort,
Et luy faire ſçauoir cet Edit homicide,
Auant qu'on ait commis vn ſi grand parricide,
Et fait vn acte impie en cauſant ſon treſpas.

PHILOCLEE.

Ie crains pour Telephonte, & crains pour Amyn-
*   thas,*
I'ay peur que mon malheur l'ait comblé de triſteſſe,
I'eſtois toute ſa ioye, & crains que ſa vieilleſſe
N'ait pû ſouffrir ma perte, & mon rauiſſement,
Sans qu'vne prompte mort l'ait mis au monumēt.

MEROPE.

Pluſtoſt pour vous rauoir il arme en Etolie,
Il ſcait que vous viuez ; Mais que veut Ce-
*   phalie ?*

SCENE II.

CEPHALIE. MEROPE. PHILOCLEE.

CEPHALIE.

Cleobule, Madame, est dedans ce Palais.

MEROPE.

En fin le iuste Ciel exauce nos souhaits.

PHILOCLEE.

Allons donc sans tarder sçauoir cette nouuelle;
Mais voicy Demochare, ah rencontre cruelle!
Ah respects importuns!

MEROPE.

       Souffrez son entretien,
Tandis que i'aprendray vostre sort & le mien.
Plus il est inhumain, plus mõstrez vous humaine,
Et deuant son amour cachez bien vostre haine.

PHILOCLEE.

Ie sçay ce que ie suis, comme ie doy parler,
Vn magnanime cœur ne peut dißimuler.

               D ij

SCENE III.

DEMOCHARE. PHILOCLEE.

DEMOCHARE.

D'Où naiſt cette douleur ? Pourquoy , belle
     Princeſſe,
Liureʒ - vous vos appas au dueil , à la triſteſſe ?
Ces ſoucis & ces pleurs n'auront-ils point de fin ?

PHILOCLEE.

Non , ſi le iuſte Ciel ne change mon deſtin.

DEMOCHARE.

Vous triomphez des cœurs & de la deſtinée,
Vn bonheur ſans pareil ſuiura voſtre hymenée ;
Deux ſceptres vous ſõt deus en cette illuſtre Cour ;
Celuy de la Fortune, & celuy de l'Amour.

PHILOCLEE.

O Ciel , ô iuſte Ciel !

DEMOCHARE.
           Vous changez de viſage.
Eſt-ce vous offenſer, & vous faire vn outrage,

De cherir vos beautez & de les reuerer?
Mesprisez-vous le Dieu qui vous fait adorer?
Et fuyez-vous l'Amour?

PHILOCLEE.

Ie le fuis comme vn vice.

DEMOCHARE.

Puis qu'il veut qu'on vous serue il est plein de
iustice.
Il inspire la gloire en troublant le repos,
Et des hommes souuent il en fait des Heros.

PHILOCLEE.

Et des monstres aussi, des tygres sanguinaires,
De perfides sujets, d'infames adulteres,
Lasches vsurpateurs des thrônes de leurs Rois,
Et qui foulent aux pieds toutes sortes de loix;
Qui chasseroient les Dieux s'ils pouuoient, de leurs
Temples,
Ie n'irois pas bien loin pour en voir des exemples.

DEMOCHARE.

Ce discours me surprend, il est hors de saison,
Pourquoy m'offensez-vous sans aucune raison.
Qui vous fait proferer ces mots insupportables,

PHILOCLEE.

C'est l'extreme pitié que i'ay de mes semblables.

D iij

La peur qu'vn mesme sort me comble vn iour
d'ennuy,

DEMOCHARE.

Mais laiffant l'auenir, & l'intereft d'autruy,
Quel fujet maintenant auez-vous de vous plaindre?

PHILOCLEE.

C'eft que ie nafquis libre, & l'on me veut con-
traindre.

DEMOCHARE.

Cette contrainte eft douce, & facile à fouffrir,
Alors qu'à fa captiue vn Prince vient s'offrir.
Que dans tous fes Eftats il la rend fouueraine,
Que d'efclaue qu'elle eft, il en fait vne Reyne;
Qu'il veut deffus le thrône éleuer fes beautez,
Qu'il la comble de gloire & de felicitez.

PHILOCLEE.

Dans le rang que ie tiens & que le fang me donne,
Ie ne fçaurois manquer de fceptre & de cou-
ronne;
Ie n'ay que des Heros & des Rois pour parens :
Sans allier ma race à celle des Tyrans,
Sans eftre leur efpoufe & regner par le crime,
Mon pere me conferue vn thrône legitime.

Qui n'eſt point vſurpé, qu'il tient de ſes Ayeux,
Et que n'abattra point la Iuſtice des Cieux.

DEMOCHARE.

Ah ne vantez point tant voſtre illuſtre origine,
Les hommes naiſſent tels que le Ciel les deſtine.
Si mon pere n'eut pas des ſceptres en naiſſant,
Il en eut par prudence & par ſon bras puiſſant;
Et ſi de quelque faute on l'eſtime coupable,
L'Amour la fit commettre , & la rend excu-
ſable.
Mais il regne, & ſon regne eſt de gloire ſuiuy.

PHILOCLEE.

S'il s'eſtoit deſpouillé de ce qu'il a rauy,
S'il rendoit ſes Eſtats à ſes Rois legitimes,
Il ne luy reſteroit que la honte & les crimes.

DEMOCHARE.

Vous que vous reſte-t'il àuec voſtre fierté,
Le Ciel vous a rauy iuſqu'à la liberté ?

PHILOCLEE.

Il m'a laiſſé l'honneur.

DEMOCHARE.

           Il eſt en ma puiſſance,
Songez quel eſt celuy que ce meſpris offence,

Voyez voſtre fortune & les honneurs offers,
Abaiſſez voſtre orgueil & reprenez vos fers.

PHILOCLEE.

Eſt-ce ainſi qu'on me traite ?

DEMOCHARE.

Eſt-ce ainſi qu'on me braue ?

PHILOCLEE.

Ah trop cruel Tyran !

DEMOCHARE.

Trop orgueilleuſe eſclaue.

PHILOCLEE.

Ah vengeance ! Ah mon pere ! Ah mes diuins
Ayeus !

DEMOCHARE.

Vous reclamez en vain les hommes & les Dieux.

RHILOCLEE.

Ah ie mourray pluſtoſt que me voir outragée,
Si l'on voyoit ma mort on la verroit vangée.
Et le grand Amynthas armeroit à la fois
Toutes les nations qu'il range ſous ſes loix :
Les Dolopes fameux, les voiſins des Albanes,
Les Calydoniens, & les fiers Athamanes.

Inondans

Inondans ces pays ainsi que des torrens,
Des Estats vsurpez, chasseroient les Tyrans,
Et leur donnant la mort pour leurs dignes sa-
laires,
Remettroient mon Espoux au thrône de ses
Peres.

DEMOCHARE.

Vous auez vn Espoux, ô Ciel qu'ay-je entendu!
Mais qui seroit-ce en fin?

PHILOCLEE.

                   Helas! tout est perdu,
Et i'ay tout descouuert.

DEMOCHARE.

                   Seroit-ce Telephonte?
C'est luy-mesme, c'est luy, la fureur me surmonte,
Telephonte, ô bons Dieux! mon ennemy mortel,
L'horreur de tous les miens, ce brutal, ce cruel,
Qui veut tremper ses mains dans le sang de mon
Pere,
Quoy, c'est ce furieux, c'est luy qu'on me prefere?
C'est luy qui cause donc ces dédains, ces froideurs,
Qui vous fait mespriser ma gloire & mes gran-
deurs?
Ce fugitif sans biens, ce Prince sans couronne,
Que la fortune laisse & le Ciel abandonne.

                   E

PHILOCLEE.

Mais ses hautes vertus ne l'habandonnent pas,
Ne le mespriséz point & songez à Lycas.

DEMOCHARE.

Quoy vous me menacéz en parlant de la sorte,
L'aueugle passion vous trouble & vous trasporte,
Et ce cœur si pudique aujourd'huy se dément,
Et monstre trop d'amour, loüant trop son amant.

PHILOCLEE.

L'Amour n'est point honteux qui naist de l'Hy-
   menée,
Telephonte à ma foy, ie luy suis destinée,
Et ma flame s'accorde auec l'honnesteté.

DEMOCHARE.

Pour irriter un cœur desia trop irrité,
Pour remplir mon esprit d'vne fureur jalouse,
Vous feignéz de l'aymer & d'estre son espouse.
Mais qu'il soit vostre Espoux, & qu'il ait des
   appas,
Le dessein que i'ay fait ne se changera pas.
Voicy mes volontez, & les loix de mon Pere,
Demain dés que le iour luira sur l'Hemysphere
Au Temple de Iunon ie veux estre auec vous,
Là nous prendrons les noms & d'Espouse &
   d'Espoux.

Que nul de vostre part ne choque mon enuie :
Car vn seul mot lâché luy cousteroit la vie.
Vous y pourrez songer tout le reste du iour,
Mais pour mon interest respectez mon amour.

PHILOCLEE.

Ce cœur ne bruslera que d'vne chaste flame,
Ie scais ce que ie dois, ie scais que ie suis femme ;
Ie scay à quoy m'oblige vn si sacré lien ;
Vn iniuste pouuoir sur moy n'obtiendra rien.
Ie feray sans respect, sans crainte de personne,
Tout ce que veut l'honeur, & que le Ciel ordonne.

SCENE IV.

DEMOCHARE seul.

L'Inhumaine s'enfuit le cœur plein de fierté,
L'audacieux esprit, la superbe beauté ;
Elle scait que ie brusle, elle scait que ie l'ayme,
Que vouloir l'outrager, c'est m'outrager moy-
mesme ;
Elle scait qu'vn soûpir suffit pour m'esmouuoir,
Et son cœur en secret se rit de mon pouuoir.
Ie veux l'humilier & punir son audace,
Orgueilleuse beauté n'espere plus de grace,

Si demain ton esprit ne respond à mes vœux,
Si ta seuere humeur ne brusle de mes feux,
Et si tu ne consens à l'Hymen où i'aspire,
Tu me nommes Tyran, mais ie deuiendray pire.
Ie n'auray plus pour toy nul rayon de bonté,
Ma fureur passera iusqu'à l'extremité.
Ie feray sans respect, sans crainte de personne,
Ce qu'Hermocrate veut & que le Ciel ordonne.

Fin du second Acte.

ACTE III.
SCENE PREMIERE.

PHILOCLEE. ORPHISE.

PHILOCLEE.

Trene pourroit seul me tirer de soucy:
Mais ie n'ay pû le voir depuis qu'il
est icy.
I'allois de Telephonte apprendre la
fortune,
Lors que de son Riual la rencontre importune,
Comme tu scais, Orphise; empescha mon desir:
Mais il a bien payé ce cruel desplaisir.
Par vn iuste despit i'ay tesmoigné ma haine,
Dés que ie l'ay quitté i'ay couru chez la Reyne,
Et m'en suis separée auecque grand regret,
Mais ie n'ay iamais pû luy parler en secret.
Ny de ce qui me trouble apprendre la nouuelle:
Par malheur Hermocrate estoit lors auec elle,
Et ne la quitta point tout le temps que i'y fus,
La Reyne auoit l'esprit inquiet & confus,

E iij

Et fans qu'elle ait parlé, fur fon trifte vifage
I'ay trop leu les effets d'vn malheureux meffage.
Si mon foupçon eft vray, que feray-je ô bõs Dieux!

ORPHISE.

Banniffez cette crainte, efperez tout des Cieux.

PHILOCLEE.

Ah Tyrene, vien donc, vien vifte & m'en deliure,
Vien dire à mon Amour qu'il faut mourir ou viure.

ORPHISE.

Il fcait le trifte eftat où vos iours font reduits
Auffi bien que vous-mefme, & connoift vos en-
nuis.
Vos craintes, vos defirs, voftre amour, voftre
haine:
Mais il viendra bien-toft pour vous tirer de peine.

PHILOCLEE.

Ie ne puis fupporter ce long retardement,
Ie crois attendre vn fiecle attendant vn moment:
Mon efprit inquiet me met à la torture,
Ie brufle de fçauoir quelle eft fon auanture,
Tyrene le fçait bien, & ne me l'apprend pas.

ORPHISE.

En cent lieux differens vous conduifez vos pas,

Côme vous le cherchez, il vous cherche peut-estre,
Dans vostre appartement quelqu'vn l'a veu pa-
　　raître
Vous estiez chez la Reyne.

PHILOCLEE.

　　　　　　Ah sans doute il me fuit,
Il craint de m'anoncer le malheur qui me suit,
Et d'affliger encor vn esprit qui soupire,
Scachant mon infortune il me la deuroit dire.
Il sçait bien que la crainte augmente le soucy,
Et qu'aprehendant tout, ie souffre tout aussi.
Nul tourment n'est égal à mon inquietude,
Si i'en sçauois la cause il me seroit moins rude.
Mais Demochare vient pour me persecuter,
Fuions.

ORPHISE.

　　　Il faut l'attendre & ne pas l'irriter.

PHILOCLEE.

Ah ce mauuais Genie est tousiours à ma suitte,
Quelle est ma destinée, où me voy-je réduite?
Il agite ma vie, & trouble mon repos
Ie ne sçaurois souffrir ces insolens propos,
Vn genereux mespris est icy necessaire,
C'est l'vnique moyen qui m'en pourra deffaire.

SCENE IV

DEMOCHARE, PHILOCLEE.

DEMOCHARE.

VN chagrin eternel accompagne vos iours..

PHILOCLEE.

Auſsi quelque importun m'aſſaſsine touſiours..

DEMOCHARE.

Sans en auoir ſujet on vous oit touſiours plaindre.

PHILOCLEE.

Ie ſouffre aſſez de maux ſans qu'il m'en faille
feindre.

DEMOCHARE.

Si vous auez beaucoup d'ennuis & de ſoucy,
La fortune en eſt cauſe.

PHILOCLEE.

Et les Tyrans auſsi.
DEMO-

DEMOCHARE.

Voftre efprit querelleux eft fans ceffe en colere.

PHILOCLEE.

C'eft que l'on prēd plaifir fans ceffe à me defplaire,

DEMOCHARE.

Ie n'eus iamais deffein de vous defobliger,
Croyez qu'auec regret ie viens vous affliger.
Mais le deftin le veut & ma fortune eft telle,
Qu'il faut que ie vous die vne trifte nouuelle.

PHILOCLEE.

Cecy n'eft point nouueau, voftre abord m'eft fatal,
Vous ne m'auez iamais annoncé que du mal.

DEMOCHARE.

Ie vous parle auec crainte, & plains voftre mar-
tyre.

PHILOCLEE.

Qui caufe mes malheurs, craint-il de me les dire?
Acheuez, acheuez.

DEMOCHARE.

Cecy vient de Chalcis.

PHILOCLEE.

Dieux !

F

TELEPHONTE,

DEMOCHARE.

Ce mot seulement augmente vos soucis.

PHILOCLEE.

Enfin declarez-moy quel est cette auenture.

DEMOCHARE.

Scachez que Telephonte est dans la sepulture.

PHILOCLEE.

Vous croyez sans raison que vous m'estonnerez,
Vous dites seulement ce que vous desirez,
Et non la verité.

DEMOCHARE.

N'en doutez point Madame,
Mon superbe Riual enfin a rendu l'ame,
Mon pere s'est vangé par vn iuste trespas,
Vous sçaurés qu'il n'est plᵒ à la Cour d' Amynthas
Qu'il est sorty du monde, & nous laisse l'Empire.

PHILOCLEE.

Comment l'auriez-vous sceu ? qui vous l'auroit
*   peu dire?*
Aux vostres dans ces lieux nul accez n'est permis,
Respondez donc?

DEMOCHARE.

Les Rois ont par tout des amis.

On ne peut rien cacher aux yeux des sages Princes,
F'ay de bons espions dans toutes vos Prouinces.
Et c'est d'eux que i'ay sceu la mort de mon Riual.

PHILOCLEE.

Helas s'il disoit vray!

DEMOCHARE.

Ce coup vous est fatal.

PHILOCLEE.

Telephonte est viuant.

DEMOCHARE.

Il est dedans la Tombe.

PHILOCLEE.

Le Ciel ne permet pas que la vertu succombe,
Il est trop equitable & veille sur les Rois,

DEMOCHARE.

Vous ne le croyez pas, & pleurez toutesfois.

PHILOCLEE.

Parmy mes ennemis seroy-je sans alarmes.

DEMOCHARE.

Ie viens, ie viens icy pour essuyer vos larmes.

F ij

Puis que vous estes veufue & n'auez plus d'es-
    poux,
Ie viens prendre sa place, & viens m'offrir à vous,
En perdant vn mary vous en gagnez vn autre,
Rien n'empesche à present que ie ne sois le vostre.

PHILOCLEE.

Que vous ne le soyez, comment, par quelle loy ?
Ie suis à Telephonte, & i'ay donné ma foy.

DEMOCHARE.

Si durant qu'il viuoit mon Amour fut vn crime,
A present qu'il est mort ma flame est legitime.

PHILOCLEE.

I'ignore iusqu'icy quel est son triste sort,
Ie ne sçay pas encor s'il est viuant, ou mort.
En quelque lieu qu'il soit, seul il regne en mõ ame,
N'esperez donc iamais que ie sois vostre femme,
Par des liens sacrez ie tiens à mon Espoux,
S'il est encor viuant, ie ne puis estre à vous.
S'il est mort, ie n'empuis espouser l'homicide.

DEMOCHARE.

De quoy m'accusez-vous ?

PHILOCLEE.

        D'vn dessein parricide.

DEMOCHARE.

Ce bras ne l'a point mis dedans le monument.

PHILOCLEE.

Vous en estes la cause, vn autre l'inſtrument.

DEMOCHARE.

Ie ne vous ay point fait cette ſanglante iniure.

RHILOCLEE.

Mon Eſpoux n'eſt donc point dedans la ſepul-
    ture ?
Non, non, il vit encor & viendra me vanger,
Il viendra dans ces lieux, non pas en eſtranger,
Sans ſecours, ſans appuy, ſans pouuoir, ſans
    eſtime,
Mais en Liberateur, mais en Roy legitime.
Il viendra pour punir ſes perfides ſujets,
Et le Ciel ſecondant ſes glorieux projets,
De monſtres pour iamais purgera cét Empire.
C'eſt ce que vous craignez, c'eſt ce que ie deſire.
Hermocrate auec vous redoute ſes efforts,
D'horribles viſions luy donnent mille morts.
Vne eternelle crainte eſt compagne du vice,
L'impie en vain aux Dieux prepare vn ſacrifice.
Telephonte viendra pour troubler ſon repos,
Il n'euitera point le bras de ce Heros.

F iij

DEMOCHARE.

Il n'eſt plus rien qu'vn ombre auſſi biẽ que ſon pere:
Mais que n'eſt-il viuant ce jeune temeraire?
Que ne le puis ie voir dans les champs de l'hõneur?
Ie voudrois ſeul à ſeul luy monſtrer ma valeur.
I'aurois bien toſt ſon ſang, i'aurois bien-toſt ſa vie,
Et ma vertu ſeroit de triomphe ſuiuie.
De ce fameux combat pour l'Amour entrepris,
Vous ſeriez tout enſemble & l'objeſt & le prix.
Vous me ſeriez acquiſe auſſi bien que l'Empire :
C'eſt ce que vous craignez, c'eſt ce que ie deſire.

PHILOCLEE.

Ah ſi vous le voyiez les armes à la main,
Vne ſubite peur vous glaceroit le ſein,
Sa valeur vous mettant l'epouuante dans l'ame,
Vous ne ſongeriez plus à luy rauir ſa femme.
Le ſceptre auec ce fer de vos mains tomberoit,
Et voſtre orgueil vaincu, ſa grace imploreroit.

DEMOCHARE.

Le ſuperbe ſoumis imploreroit la mienne.

PHILOCLEE.

Vanter voſtre valeur, l'egaler à la ſienne,
C'eſt vouloir egaler & le foible & le fort,
Le laſche & le vaillant.

DEMOCHAIRE.

> *Et le vif & le mort.*

PHILOCLEE.

Comme luy voftre bras imite vn Pere illuftre,
Voftre cœur genereux dés fon troifiefme luftre
S'eft acquis le renom des plus fameux guerriers,
Vous eftes comme luy tout couuert de lauriers,
Vn peuple tout entier vous doit fa deliurance,
Et la Grece admirant voftre haute vaillance,
Vous a veu triompher dans ces riches Cité,
Traifnant apres vn char des ennemis domptez.
Voftre efprit d'Hermocrate en rien ne degenere,
Vous eftes digne fils de fe vertueux Pere.
Eftre fubjet perfide, vfurper des Eftats,
Faire d'iniuftes loix & de noirs attentats,
A fes gages tenir des meurtriers infames
Et faire le vaillant en mal traittant des femmes,
Ce font là vos vertus, ce font là vos hauts faits.

DEMOCHARE.

Ah c'eft trop m'outrager, ceffez donc deformais,
Ou ie me vangeray par vn coup legitime.

PHILOCLEE.

Si vous eftes honteux qu'on vous reproche vn
crime,

Ce reproche à bon droit rend vostre esprit confus :
Mais de l'auoir commis vous deuez l'estre plus.

DEMOCHARE.

Vous sentirez qu'enfin la fureur me surmonte.

PHILOCLEE.

Reseruez-la plûtost pour vaincre Telephonte;
Vous en aurez besoin; ie vous l'ay desia dit ,
Son bras accomplira tout ce que i'ay predit.
Ce langage vous trouble.

DEMOCHARE.

Il n'a rien qui m'esmeuue,
Telephonte n'est plus, & Philoclée est veufue.
L'vn ne peut m'offencer, l'autre est en mõ pouuoir,
Et quel est mon dessein, ie vous l'ay fait sçauoir.
Ie vous l'ay desia dit , & vous le dis encore ,
Ne mesprisez donc plus celuy qui vous adore ,
Comme ie suis à vous , vous deuez estre à moy,
Hermocrate l'ordonne.

PHILOCLEE.
Ah Tyrannique loy.
Ie n'y puis consentir.

DEMOCHARE.
Vous estes à Missene,
Et non en Etolie , & sur les bords d'Euene,

Rien

Rien ne peut empefcher ce que i'ay refolu,
Icy mon pere regne , & ie fuis abfolu.
Montrez-vous côplaifante à ma pudique flame,
Tandis que le refpect loge encor dans mon ame ,
Choififfez me voyant maiftre de voftre fort,
Ou l'Amour ou la haine , ou l'hymen ou la mort.

PHILOCLEE.

Quoy penfez-vous Barbares eftonner mon cou-
rage ?
Qui cherche le trefpas , peut-il craindre l'orage?
Non, non, lancez le foudre & terminez mon fort,
Oüy , ie choifis la haine , & i'attendray la mort.

DEMOCHARE.

La mort dans les difcours n'eft iamais effroyable,
Mais quand elle eft prefente, elle eft efpouuëtable.
Demain vous quitterez ce mefpris , cet orgueil,
Et le thrône Royal eft plus doux qu'vn cercueil.

G

SCENE III.

PHILOCLEE. ORPHISE.

PHILOCLEE.

Tyran tu crois en vain accomplir ton enuie,
Ie ſçauray preferer mon honneur à ma vie,
Ie ſçauray me montrer en courant au treſpas,
Digne de Telephonte & digne d'Amynthas.
Digne d'vn tel Eſpoux, & digne d'vn tel Pere,
Mais ie crains pour ces deux bien plus que ie n'eſpere.
Et Tyrene a grand tort de tarder ſi long-temps,
A me faire ſçauoir de ſecrets importans.

ORPHISE.

Il a beaucoup de zele & vous d'impatience,
Mais ne l'accuſez plus, ie le voy qui s'auance.

SCENE IV.

PHILOCLEE, TYRENE.

PHILOCLEE.

AH Tyrene! en deux mots dy moy quel est mon
    sort,
Mon pere est-il viuant, Telephonte est-il mort?

TYRENE.

Amynthas, grace aux Dieux est encor plein de vie.

PHILOCLEE.

Mais à mon cher Espoux, dy moy, l'a ton rauie?
On me vient d'asseurer qu'il est dans le tombeau,
Dy moy s'il voit encor le celeste flambeau;
Ne flate point mon cœur d'vne esperance vaine,
Ne me deguise rien, & me tire de peine.

TYRENE.

Dissimulons : Son sort est encor inconu,
On ne sçait à la Cour ce qu'il est deuenu.
L'on a cherché par tout, & trauersé l'Empire,
De la mer d'Ionie aux montagnes d'Epire.

TELEPHONTE.

Quelques vœux qu'on ait faits, quelque soin
   qu'on ait pris,
On n'a rien descouuert, on n'en a rien appris.

PHILOCLEE.

Demochare a dit vray, nul espoir ne me reste,
Voila, voila l'effet de cet Edit funeste,
Et le Ciel s'est mocqué de mes iustes souhaits,
Pour rendre des Tyrans les desirs satisfaits.
Ah mon fidelle Espoux! ah miserable veufue!

TYRENE,

De son trespas encor nous n'auons nulle preuue,
S'il estoit descendu dans le seiour des morts,
Au moins dans l'Etolie on eust quitté son corps.

PHILOCLEE.

On chercheroit en vain hors du sein de la terre
Celuy qu'elle desormais au dedans elle enserre,
Les perfides meurtriers de ce ieune Heros,
D'vne tombe funeste auront couuert ses os:
Non pour aucun dessein pieux & legitime,
Non pour aucun respect, mais pour couurir leur
   crime,
Et pour l'enseuelir auec ce que i'aimois.

TYRENE.

S'il estoit succombé sous ces fatales loix,

Les Barbares autheurs de cette violence
En auroient demandé l'infame recompenſe,
Et deſia dans Miſſene on euſt veu ces bourreaux
Chercher vn nouueau prix pour des crimes nou-
    ueaux.
Mais ce ieune Monarque en dépit de l'enuie
Voit encor le ſoleil, et reſpire la vie.

PHILOCLEE.

L'auarice trauaille à creuſer ſon cercueil,
Et le iour n'eſt pas loin qui me doit mettre en
    dueil,
On luy dreſſe par tout des embuſches mortelles,
I'attens à tous momens de funeſtes nouuelles,
Et ie croy deſia voir ces tragiques effets,
Que ſon laſche aſſaſſin a dedans le Palais,
Que dans ſa main ſanglante il en porte la teſte,
Et la crainte en mon cœur excite vne tempeſte.
Fortune, ma vertu ſuccombe ſous tes coups,
Auec ma liberté ie perdray mon Eſpoux,
Et ie me trouue encor entre les mains perfides
De ceux qui font vertu d'eſtre ſes homicides.

TYRENE.

Amynthas ayant ſceu voſtre captiuité,
Arme dans ſes Eſtats pour voſtre liberté.
Et bien que de ſoldats abonde l'Etolie,
A ſes ſujets encor ſes voiſins il allie,

F iij

TELEPHONTE,

54

Et fait en diligence equiper des vaiffeaux,
Pour dompter la fureur des Tyrans & des eaux.
Il veut que dans ces lieux la flame, le fer brille :
Il veut perdre Hermocrate & deliurer fa fille,
Eftouffer dans fon fang fes crimes anciens,
Et vanger d'vn feul coup Telephonte & les fiens.
Si ce Monarque vient pour voftre deliurance,
Faites qu'au defefpoir fuccede l'efperance.

PHILOCLEE.

La mort fera plus prompte & le deuancera,
C'eft elle auec fes traits qui me deliurera
Des chaifnes d'Hermocrate & de l'amour barbare
De fon fils inhumain, du cruel Demochare,
Qui me veut impofer vne trop rude loy,
Et qui veut deuenir mon Efpoux malgré moy,
Me faire violer la foy que i'ay donnée,
Il veut que ie confente à ce trifte Hymenée;
Que ie prefere vn crime au conjugal Amour,
Et pour m'y difpofer ne me donne qu'vn iour.
Que mon cœur agité fouffre vne eftrange peine,
Me faut-il efprouuer le deftin de la Reyne.
Que di-je ? où fuis-je ! ô Dieux, que doi-je de-
uenir ?

TYRENE.
Le prefent vous fait peur.
PHILOCLEE.
Encor plus l'aduenir.

TYRENE.

Vous deuez esperer.

PHILOCLEE.

Mais i'ay sujet de craindre.

TYRENE.

Appaisez ces regrets.

PHILOCLEE.

I'ay raison de me plaindre.

TYRENE.

Il faut se consoler.

PHILOCLEE.

Ah pour me consoler
Il faudroit d'vn Espoux les esprits rappeller,
Qu'il sortist du tombeau que vuant ie le visse.
Faut-il que la vertu soit esclaue du vice?
Quoy Telephonte est mort!

TYRENE.

Aueuglement d'Amour!
Le Prince en quelque lieu respire encor le iour:
Mais vostre desespoir vn cercueil luy prepare.

PHILOCLEE.

Ie ne puis euiter la tombe, ou Demochare,
I'abhorre ce perfide, & veux dés auiourd'huy
Me donner à la mort, pour n'eſtre pas à luy.

TYRENE.

Bien qu'il vous perſecute, & ſemble inexo-
   rable,
I'eſpere de le rendre à vos vœux fauorable,
Et retarder l'Hymen que vous apprehendez,
Madame eſt-ce pas là ce que vous demandez?

PHILOCLEE.

Tu voudrois luy parler, perds plûtoſt cette enuie,
Ce deſſein perilleux te couſteroit la vie.
Demochare eſt amant, mais vn amant cruel,
Il a fait, le Barbare, vn ſerment ſolennel,
Que qui luy parlera de ce triſte Hymenée,
Dont il m'a fait ſçauoir la fatale iournée,
Il receura le prix de ſa temerité,
Et pour ſon chaſtiment il perdra la clarté.
Ie pleure inceſſamment, ie me plains, ie ſouſpire,
Perſonne en ma faueur n'oſeroit luy rien dire,
On ſcait qu'à ſa fureur s'égale ſon pouuoir.

TYRENE.

Quoy qu'il puiſſe arriuer, ie feray mon deuoir
                       Pour

Pour prolonger vos iours, si i'abrege ma vie,
Vne si belle mort sera digne d'enuie,
Ne craignez rien pour moy ie m'en vay l'aborder.

PHILOCLEE.

A ton Zele pieux en fin il faut ceder.

Fin du troisiesme Acte.

H

ACTE IV.
SCENE PREMIERE.

CEPHALIE, MEROPE

CEPHALIE.

Out est perdu Madame.

MEROPE.

Et qu'as-tu Cephalie?

Quelque nouueau malheur nous viet-il d'Etolie.

CEPHALIE.

Ah ie fremis d'horreur, le puis-ie dire?

MEROPE.

O Dieux!

CEPHALIE.

Vn espion qui vient d'arriuer en ces lieux,
Dit que le Prince est mort, & que son homicide
Viendra chercher le prix d'vn acte si perfide.

Et le Tyran le sçait.

MEROPE.

Helas ! que me dis-tu ?

CEPHALIE.

Madame.

MEROPE.

Ie me meurs,

CEPHALIE.

Montrez vostre vertu.

MEROPE.

Par ce cruel recit me l'as-tu pas rauie ?
Quoy mon fils pour iamais est priué de la vie ?
Et son lasche assassin voit encor le soleil,
Il vient chercher le prix d'vn crime sans pareil,
D'vn forfait incroyable à la race future,
Qui met le sang des Rois dedans la sepulture ;
Vn Heros qui deuoit estre exempt du trespas.
As-tu veu l'espion, ne te trompe-tu pas ?

CEPHALIE.

Ie ne me trompe point.

MEROPE.

Ah miserable mere !
Quoy te reseruois-tu pour voir cette misere.

H ij

Ay-je à mon propre honneur preferé la clarté,
Pour voir iusqu'à quel poinct monte l'impieté,
Et le dernier malheur où tombe vn miserable,
Helas qui desormais me sera secourable !
I'ay perdu mon espoir, ma gloire, mon support,
En fin i'ay tout perdu, puis que mon fils est mort.
Mais ie voy ce Tyran dont la rage inhumaine
A causé tous mes maux.

SCENE II.

LE TYRAN, MEROPE.

LE TYRAN.

Dieux ! i'apperçoy la Reyne,
Euitons sa presence.

MEROPE.

Ah cruel ! me fuis-tu ?
Viens voir les beaux effets de ta haute vertu,
Viens voir en ma douleur ce qu'a produit ta rage,
Ie suis encor viuante acheue ton ouurage,
Et rens ton crime illustre en m'ostant la clarté,
Lasche & barbare autheur de ma calamité.

Vien, vien, pour terminer ma vie & ma misere,
Homicide du fils, vien, massacre la mere,
Vien pour m'ouurir le sein, vien me percer le flanc,
Acheue de verser, ce n'est qu'vn mesme sang,
Espuises-en ce corps, & rougis-en la place,
Que ie suiue au tombeau le dernier de ma race.

LE TYRAN.

Sçachant que ie vous aime, & ce que ie vous suis,
Croyez que ma tristeffe égale vos ennuis,
Mon cœur comme le voftre a de rudes alarmes,
Ie ne puis voir vos pleurs sans répandre des lar-
    mes,
Mon esprit participe aux douleurs que ie voy.

MEROPE.

Ah! vray monstre du Nil pleure & deuore moy,
Finis par mon trespas mon destin lamentable,
Par vne impieté montre-toy pitoyable.

LE TYRAN.

Quoy, moy vous outrager, mettre fin à vos iours,
Ah! i'en voudrois plutoft eternifer le cours.
Pouuoir au fort des Dieux regler vos destinées,
Et rendre vos beautez à iamais fortunées,
Mon ame vous reuere, & vous me faites tort.

MEROPE.

Barbare, fais-tu voir ton amour par la mort?

Celle de Telephonte en eſt-elle vne marque ?
Ton cœur pour m'obliger l'offre-t'il à la Parque ?
Pour mõtrer le reſpect qu'il a touſiours pour moy,
Tu deuois amener l'aſſaſſin auec toy.
Du meurtre de mon fils ſa main encor ſanglante,
M'auroit mieux aſſeuré de ſa fin violente.

LE TYRAN.

Mon cœur icy vous iure en preſence des Dieux,
Qu'il le priue à regret de la clarté des Cieux.
Si quelque autre moyen flattant mon eſperance,
Euſt peu mettre auec moy ma flame en aſſeurãce,
Iamais ce triſte Edit n'euſt abregé ſon ſort,
Et voſtre œil affligé n'euſt point pleuré ſa mort.
Ie ne fus point pouſſé d'ambition, d'enuie,
Le deſir de regner, ny celuy de la vie,
Ne m'a point inſpiré d'auancer ſon treſpas,
Mais celuy de iouïr de vos diuins appas.
Et de vous poſſeder ſans troubles & ſans craintes,
Tariſſez donc vos pleurs, & finiſſez vos plaintes.
Puis que ie ne voy plus d'obſtacles à mes amours,
Rien n'agitera plus le calme de vos iours ;
Eſloignez du paſſé la faſcheuſe memoire,
Regardez l'aduenir plein d'heur & plein de
    gloire.
Les diſgraces, les maux, les regrets, les ſouſpirs
Deſormais feront place aux honneurs, aux plai-
    ſirs.

MEROPE.

Il faut qu'à la douleur mon esprit s'abandonne,
Tu m'ostes mes enfans Cresphonte & la couronne.
Ie suis mere sans fils, & femme sans espoux,
Et des traits de ta main ie suis les dernier coups.
Le desespoir me suit & s'accorde à ma crainte,
Nul des miens n'est viuant, ma famille est
      esteinte,
Il ne m'en reste plus que les seuls monumens,
Mes larmes & mon dueil, & mes gemissemens.
Apres que tu m'as fait vn tort si deplorable,
Crois-tu que de plaisir mon esprit soit capable.
I'ay ton discours impie, & toy-mesme en horreur,
Et ie veux dans ton sang esteindre ma fureur.
Ah meurtrier de ton Prince, assassin de Cresphöte!

LE TYRAN.

Ie le dois aduouër, & ie le puis sans honte,
Par le vouloir d'vn Dieu i'eus fait perir vn Roy,
Pour l'Amour & pour vous i'ay violé la Loy,
Et ie prefere à tout vos beautez que i'adore,
Si i'ay fait vn grand mal, i'eusse fait pis encore:
Dans ces lieux seulement esclataft ma fureur,
Mais i'eusse fait du monde vn theatre d'horreur,
Mon bras à tous les Rois euft declaré la guerre,
Et pour vous posseder euft desolé la terre.
Il euft fait voir partout l'image du trespas.

MEROPE.

Ce que ie viens d'entendre, ô Ciel! l'entês-tu pas?
Fais luire les éclairs, & d'vn traict de tempeste
De ce monstre cruel viens écraser la teste.

LE TYRAN.

Ces imprecations me donnent peu d'effroy,
Et le Ciel auiourd'huy s'est declaré pour moy,
Le foudre que ie crains n'est que vostre colere.

MEROPE.

Crois que tous tes forfaits receuroient leur salaire,
Si Merope impuissante auoit le foudre en main
Ie te ferois perir, ô cœur trop inhumain!
Par vn supplice long, affreux, espouuentable,
Ie te rendrois toy-mesme à toy-mesme effroyable,
Et tout ton corps fondroit fumãt dedans ces lieux,
D'vn spectacle si beau ie repaistrois mes yeux.

LE TYRAN.

Ie souffre tout de vous, riẽ ne m'en peut desplaire,
Ie sçay vostre douleur, & que vous estes mere,
Mais songez qu'Hermocrate est aussi vostre Es-
poux,
Et malgré cet outrage, a du respect pour vous,
Pour vous le tesmoigner il faut que ie v° quitte,
Au lieu de l'appaiser ma presence l'irrite,

Le

Le temps pourra calmer ses esprits furieux,
Tandis, allons au Temple, & rendons grace aux
Dieux.

SCENE III.

MEROPE, CEPHALIE.

MEROPE.

VA superbe Tyran leur offrir des victimes,
Ils sont tes protecteurs, ils couronnent tes
crimes,
Regarde auec orgueil le celeste flambeau,
Pour moy ie vay descendre en la nuit du tombeau.

CEPHALIE.

Quoy voulez-vous commettre vn si grand par-
ricide,
Et de mesmes ainsi deuenant l'homicide,
Rendrez-vous les Tyrans moins criminels que
vous,
Aprehendez encor le celeste courroux.

MEROPE.

Quoy, veux-tu que ie viue au milieu des sup-
plices ?
Parmy le sang, la mort, la cruauté, les vices,

I

Tous les miens sont peris, il ne reste plus que moy,
Fuions de ces Palais cruels & pleins d'effroy ;
Allons dans les enfers, allons treuuer Cresphonte,
Androphile, Drias, Eudeue, & Telephonte,
Suiuons dans le tombeau le pere & les enfans,
Et laissons dans ces lieux les crimes triomphans.
Ie vous auec horreur l'adultere Missene,
Le fleuue ensanglanté, cette Terre inhumaine,
Ce Ciel & ce soleil, ie les deteste tous,
Et tout m'est effroyable où n'est pas mon Espoux,
Où d'vn cruel Tyran l'insolence me braue,
Où l'on m'oste l'honneur, où l'on me fait esclaue,
Où ie suis sans mary, sans enfans, sans pouuoir,
Enfin veufue de tout, & mesme de l'espoir :
C'est trop perdre de temps en des plaintes si vaines,
Finissons d'vn seul coup & ma vie & mes peines,
Et de nos propres mains deschirons-nous le sein.

CEPHALIE.

O Dieux !

MEROPE.

Cruelle, non.

CEPHALIE.

Quel est vostre dessein ?
Arrestez, arrestez, & que pensez-vous faire ?

MEROPE.

Quoy veux-tu m'empescher de finir ma misere ?

SCENE IV.

ORPHISE, CEPHALIE, MEROPE.

ORPHISE.

Dieux! qu'est-ce que ie voy?

CEPHALIE.

Venez la secourir.

ORPHISE.

Que faites-vous Madame?

MEROPE.

Ah laissez moy mourir!

ORPHISE.

Calmez cette fureur.

MEROPE.

Vostre pitié m'offence.

ORPHISE.

Armez-vous d'vn peignard, & pour vostre alle-
geance,
Qu'vne iuste fureur vous le mette à la main.
Venez, venez punir le meurtrier inhumain,

Il eſt dedans ces lieux cet eſprit ſanguinaire.

MEROPE.

O bons Dieux!

ORPHISE.

La Princeſſe auſſi ſe deſeſpere:
Si vous pleurez vn fils, elle pleure vn Eſpoux;
Elle ſcait qu'il eſt mort, s'afflige comme vous,
Accuſe tous les Dieux, ſa fureur eſt extreme:
Mais ne veut pas mourir ſans venger ce qu'elle
  aime,
Sans donner à ſes yeux vn ſi triſte plaiſir:
Imitez Philoclée, & ſon pieux deſir.

MEROPE.

Auec autant d'amour ay-ie moins de courage,
Non, ce deſſein tragique eſt conforme à ma rage,
Deſcouure le meurtrier à ma iuſte fureur,
Ie boirois de ſon ſang, ie mangerois ſon cœur,
Où le trouuerons-nous pour aſſouuir ma haine.

ORPHISE.

Il n'eſt pas loin d'icy, n'en ſoyez point en peine.

MEROPE.

Allons donc luy donner le prix iuſtement deu,
Allons verſer ſon ſang pour mon ſang reſpandu.

SCENE V.

TELEPHONTE seul.

I'Ay quitté l'Etolie & ie suis à Missene,
Ie viens pour satisfaire à l'Amour, a la haine,
Ie viens pour deliurer ma femme & mes parens,
Ie viens pour me vanger & perdre les Tyrans,
Ie viens pour me montrer digne fils de Cresphonte,
Sous le nom d'assassin ie cache Telephonte.
Ie passe pour amy chez mes plus ennemis,
Ie cherche de ma mort le salaire promis.
Ce salaire est leur sang, ce salaire est leur vie,
Ie brusle des long-temps d'accomplir mon enuie.
Encor que ce dessein soit perilleux, soit grand,
Il ne fait point fremir l'esprit qui l'entreprend.
Celuy qui se propose vne fin glorieuse
Ne la doit pas quitter pour estre perilleuse:
Il doit laisser au Ciel, qui fait tout sagement
Le soin de son salut, & de l'euenement.
C'est ce que i'entreprens, c'est ce que ie veux faire,
Ie sçay que ie suis fils, qu'il faut vanger mon pere.
Ie mesprise le sort & les coups du malheur,
Ie feray mon deuoir, les Dieux feront le leur.

Ie vois auec plaisir la fatale iournée,
Que pour vn si grand coup choisit la destinée.
Songe à cette action, resiouis-toy mon bras,
Quand mesme ie mourrois, elle ne mourroit pas.
Sortez mes chers parens de la nuict eternelle,
Môtrez-vous tous sanglans où la gloire m'apelle,
D'vne pieuse audace eschauffez-moy le cœur,
Redoublez mô courage & me rendez vainqueur;
Telle que desormais en puisse estre l'issuë,
Ie ne puis retarder l'entreprise conceuë.
Et deuant que le iour ralume son flambeau,
Ou les Tyrans ou moy seront dans le tombeau.
Ie pouuois equipper vne puissante armée,
Et faire deuant moy voler la Renommée,
Effrayer & dompter ces Monstres inhumains:
Mais tenât & ma féme & ma mere en leurs mains,
Tout ce que ie cherisestant en leur puissance,
Ils pouuoient se vanger mesmè de ma vengeance,
Au lieu que venant seul en soldat, non en Roy,
Mon courage & mon bras ne hazardent que moy.
Ie ne viens pas pourtant en ieune Temeraire,
Et ie suy la raison autant que la colere.
Vne aueugle fureur ne conduit point mes pas,
Tyrene & ses amis seconderont mon bras,
Il est sujet fidelle & puissant dans Missene,
Puis Hermocrate icy n'est qu'vn objet de haine,
Pour moy i'y suis aimé, mon nô connu des miens
Suffit pour esmouuoir tous les Messeniens;

Ainſi i'ay dans ces lieux vne ſecrette armée,
De l'amour de ſon Prince, & du Ciel animée.
Le peuple qui ſouſpire apres ſa liberté
Me fera voir ſon Zele en cette extremité.
I'ay caché mon deſſein pour le mieux faire eſclore,
La Reyne n'en ſçait rien, la Princeſſe l'ignore :
Et ie les laiſſe vn temps au dueil s'abandonner,
Afin que le Tyran n'ait rien à ſoupçonner,
Pour venir dans ces lieux auec plus d'aſſeurance,
Et de ce que ie ſuis eſloigner l'apparence.
I'ay fait ſemer le bruit dans Chalcis de ma mort,
Toute la Cour en dueil pleure mon triſte ſort.
Hermocrate eſt au Temple en ſon lieu, Demochare
A qui ie dois parler, grand accueil me prepare.
Ie dois aller trouuer cet orgueilleux Riual,
Eſt-il quelque ſuplice à mon ſuplice égal ?
Pourrois-je commander à ma fureur jalouſe ?
Il veut faire vn outrage à ma pudique eſpouſe.
Ce brutal ſuit ſon pere, il l'imite aujourd'huy,
Il veut rauir l'honneur & la femme d'autruy,
Il veut que dés demain vn fatal Hymenée
M'enleue la beauté que le Ciel m'a donnée.
O Dieux ! le ſeul penſer m'oſte le iugement,
A peine ie retiens ſa colere vn moment ;
Moderons-nous pourtant, faiſons-nous violence
Cachons noſtre douleur, aſſeurons la vangeance,
Afin de paruenir au but où ie pretens,
Ma fureur dans mon ſein ſommeille quelque tëps ;

Ie l'apperçoy qui vient, diſſimule mon ame,
Oublions vn inſtant & l'amour & ma femme.

SCENE VI.

DEMOCHARE, TYNDARE.

DEMOCHARE.

IE te viens receuoir en l'abſence du Roy,
Et i'ay voulu venir iuſqu'au deuant de toy,
Ie bruſlois de te voir, ie ſcay ce qui t'ameine,
Tu viens, braue eſträger, pour nous tirer de peine,
Tu nous viens aſſeurer que Telephonte eſt mort.

TYNDARE.

Oüy, ce bras & la Parque ont terminé ſon ſort.

DEMOCHARE.

Amy tu me rauis auec cette nouuelle,
On ne peut trop louer vne action ſi belle,
Le coup en eſt hardy, le deſſein genereux,
Il ſauue cet Eſtat, & te doit rendre heureux,
Tu n'as pas vainement entrepris ce voyage,
On te prepare vn prix egal à ton courage,

Le

Le salaire t'attend, n'en sois point en soucy.

TYNDARE.

C'est là ce qui m'amene, & ie l'espere ainsi.

DEMOCHARE.

Que cette iuste mort rend illustre ta vie,
Que i'exalte ce bras, que ie te porte enuie,
Ce meurtre est glorieux & plein de pieté,
Moy-mesme ie voudrois l'auoir executé,
Vne gloire immortelle eust esté mon salaire,
Que le fils est heureux qui peut vanger son Pere.

TYNDARE.

Ce sentiment est iuste.

DEMOCHARE.

       Il vit tousiours en moy.
Mais tu fais plus encor en conseruant vn Roy,
C'est l'image des Dieux icy bas reuerée.
Outre que parmi nous sa personne est sacrée,
On le peut dire aussi pere de ses sujets,
Voy donc de quels honneurs sont suiuis tes projets.
Vn Monarque te doit son sceptre & sa couronne,
Si la paix regne icy ta valeur nous la donne,
Par toy nostre Ennemy voit ses desseins trahis,
Mais aprend moy ton nom, ton destin, ton pays.

                K

TELEPHONTE,

TYNDARE.

On me nomme Tyndare, & ie suis de Missene,
La Fortune tousiours m'a tesmoigné sa haine,
Me trouuant en bas aage & sans pere & sans biens
Ie me vis esleuer chez les Etoliens,
Iusqu'à ce jour fatal qu'vne saincte furie,
Ou plustost cet Amour qu'on a pour la patrie,
M'inspira le dessein de sauuer cet Estat,
De vanger de ma main le cruel attentat
Tramé contre mon Roy.

DEMOCHARE.

Ah! viens que ie t'embrasse,
Que i'ayme ta valeur, ta genereuse audace.
Croy que mon Pere aussi n'a rien qui ne soit tien,
Ton destin va changer n'aprehendes plus rien:
Pour te recompenser c'est peu que des caresses,
Ie te veux faire part de toutes mes richesses.
Par toy ie vais gouster vn bon-heur sans pareil,
Ie suis le plus heureux qui soit sous le soleil.

TYNDARE.

Ie n'ay rien fait encor digne d'vn grand courage,
I'attends l'occasion.

DEMOCHARE.

Que veux-tu dauantage ?
N'as-tu pas de mon Pere asseuré les Estats ?
Ie possede en repos la fille d'Amynthas.
On ne peut trop loüer ta haute hardiesse,
Vn Roy te doit son sceptre, vn Amāt sa Maitresse:
Ton bras ne nous a pas obligez à demy,
Tu tuais mon Riual tüant son Ennemy,
Vne bonne fortune à l'autre est enchaisnée,
Rien ne peut desormais troubler mon hymenée,
Et ie veux dés demain que le flambeau du jour
Esclaire mon triomphe & les pompes d'Amour:
Tu seras le tesmoin de mon bon-heur extréme,
Tn viens tout à propos.

TYNDARE.

La Princesse vous ayme,
De vos hautes vertus son cœur sera le prix.

DEMOCHARE.

L'ingratte.

TYNDARE.

A ce discours il est vn peu surpris,
Pardonnez moy Seigneur, si j'ose ouurir la bouche
Mais ie prēds tāt de part à tout ce qui vous touche,
Que ie ne m'en puis taire.

K ij

TELEPHONTE,

DEMOCHARE.

Ah! dy tout franchement,
Tu le peux deſormais, parle donc hardiment.

TYNDARE.

Sondös-le juſqu'au bout, vn bruit court à Miſſene,
Mais ſans doute vn faux bruit.

DEMOCHARE.

Quel! oſte moy de peine.

TYNDARE,

On dit que la Princeſſe eſt triſte en cette Cour,
Et pres de ſon hymen teſmoigne peu d'amour;
Qu'elle a quelque froideur & quelque indiferĕce,
Mais ce diſcours du peuple eſt bien hors d'aparĕce.

DEMOCHARE.

Vne fille touſiours nous cache ſon deſſein,
La glace eſt ſur ſa langue & le feu dans ſon ſein,
A ce nom d'hymenée elle fait la cruelle,

TYNDARE.

Mais le terme s'aproche, y conſentiras-t'elle?

DEMOCHARE.

Elle y doit conſentir, elle doit eſtre à moy.

TYNDARE.

L'on dit qu'à Telephonte elle a donné sa foy,
Que par mille sermens elle s'est engagée :
Mais pour vous justement on la verra changée.

DEMOCHARE.

Qui change auec le sort, il agist prudemment,
Toute chose aujourd'huy l'oblige au changement :
Ie suis seul heritier du sceptre de Missene,
Deuenant mon Espouse, elle deuiendra Reyne,
Ie la comble d'honneurs, comme moy de plaisirs.

TYNDARE.

Mais si sa volonté s'accorde à vos desirs,
Et si sa froide humeur fait encor resistance,
Aurez vous ce respect & cette complaisance,
Que de ne pas vser d'vn absolu pouuoir,
Possible que ses pleurs vous pourront esmouuoir.

DEMOCHARE.

Ie veux sans differer iouir de tant de charmes,
Ie ne suis point esmeu de soupirs ni de larmes,
Leur pouuoir est bien grand, mais il me doit ceder,
De force ou d'amitié ie la veux posseder,
Il faut ou qu'elle meure, ou qu'elle soit ma femme.

TYNDARE.

Barbare auparauant ie t'arracheray l'ame.

K iij,

TELEPHONTE,

DEMOCHARE.

Philoclée est captiue & sujette à mes loix, (chois,
Tu sçais qu'elle est Esclaue, vne Esclaue est sans
Ie ne voy nul obstacle à nostre mariage
Puis Telephonte est mort, & sa mort la desgage,
Il n'est plus en estat de me la disputer,
Tu m'as conté sa mort & ie n'en puis douter,
Du succez de mes feux ne te mets point en peine,
Ie sçauray bien flechir cette belle inhumaine,
Et l'Hymen dés demain la doit mettre en mes bras,
Elle est dedans Missene & mon Riual là bas,
Pour joindre à ses tourmens vne fureur jalouse
Des Enfers dans mon lict il verra son espouse,
Il ne peut plus troubler ni mon Pere ni moy,
L'vn est Amant heureux, l'autre paisible Roy.

TYNDARE.

Vostre bonne fortune enfin n'est plus douteuse.

DEMOCHARE.

Si ce traistre a fini sa trame malheureuse,
Dessous ton bras vainqueur si tu l'as abattu,
Quelle marque à mon Pere en aporteras tu?
Pour l'en mieux asseurer aportes-tu sa teste
Qui de l'Estat troublé doit calmer la tempeste?

TYNDARE.

Ouy ie l'aporte au Roy, i'ay tout ce qu'il pretend.

DEMOCHARE.

Tyndare sur vn point rend mon esprit content,
Dy moy comme estoit fait ceieune Temeraire,
Dy comme tu vainquis ce puissant Aduersaire,
Qui faisoit tant le braue & tant parler de soy,
Qui se vantoit qu'vn iour il nous feroit la loy.

TYNDARE.

Il estoit de mon poil, à peu pres de mon aage,
Entreprenant, hardy, l'on vantoit son courage;
Il a tousiours sans peur affronté le trespas,
Il montra sa valeur lors qu'il tua Lycas,
Son courage depuis osoit tout entreprendre,
Pour en venir about il falloit le surprendre:
On n'ose ouuertement attaquer vn grand cœur,
Mais on peut par la ruse en estre le vainqueur.

DEMOCHARE.

Si ta main le tuant n'eût preuenu la mienne,
Ma valeur eût dans peu triomphé de la sienne,
Moy mesme i'eusse esté chez les Etoliens,
Pour contenter ma haine & pour vanger les miens,
Par ce coup genereux i'eusse auec Telephonte
Entierement esteint la race de Cresphonte:
I'eusse acheué l'ayant dessous moy terracé,

TELEPHONTE,

L'ouurage que mon Pere a si bien commancé,
Mais qu'as-tu? tu paslis, tu changes de visage.

TYNDARE.

Le trauail du vaisseau, la longueur du voyage
Me priuant de vigueur rend mon corps abattu.

DEMOCHARE.

Le répos luy rendra sa premiere vertu,
Le sommeil ceste nuict adoucira ta peine.
Mais il faut qu'à mon Pere à l'instant ie te meine,
D'affreuses visions ses esprits agitez,
Il vouloit apaiser les tristes Deitez,
Mais le Ciel dissipant de si vaines menaces,
Luy fait changer sa crainte en action de graces.
Il ne reuiendra point que l'Astre qui nous luit,
En tombant chez le Thetis n'ait fait place à la nuit,
Allons donc luy conter la mort de Telephonte,
Que ta main dans son sang a laué nostre honte.
Asseuré desormais d'estre de ses amis,
Viens receuoir de luy le salaire promis.

TYNDARE.

Bientost à tes pareils tu seruiras d'exemple,
Ouy, ouy, ie le suiuray iusques dedans le Temple,
Pour t'y sacrifier & ton Pere auec toy,
Ah belle occasion! ô Ciel seconde moy.

Fin du quatriesme Acte.

ACTE

ACTE V.

SCENE PREMIERE.

TYDEE, THOAS, TYRENE.

TYDEE.

Yrene, est-il possible, as-tu veu Telephonte?

TYRENE.

Oüy, i'ay veu nostre Roy l'heritier de
Cresphonte,
C'est luy mesme qui vient de paroistre à vos yeux,
Auecque Demochare il sortoit de ces lieux,
Il le conduit au Temple, il le meine à son pere:
Luy-mesme de sa mort vient chercher le salaire,
C'est luy qui passe icy pour son propre assassin.

THOAS.

O Dieux !

TYRENE.

Il entreprend vn genereux dessein,

L

Il vient des bords d'Euene aux riues de Pamise,
Afin de rendre aux siens l'honneur & la franchise.
Il faut mes chers amis, il faut le secourir,
Auecque nostre Prince il faut vaincre ou mou-
   rir,
Le Ciel qui vous enjoint ce que ie vous propose,
Ne vous a pas icy fait rencontrer sans cause,
Pour ce dessein pieux il a conduit vos pas,
Et pour l'executer demande vostre bras.

TYDEE.

Il faut de la vertu soustenir la querelle,
Et suiure Telephonte où l'honneur nous appelle,
Magnanime assassin ie te tiens pour mon Roy,
Et contre les Tyrans ie t'engage ma foy.

THOAS.

Suiuons les mouuemens d'vne iuste vengeance.

TYRENE.

Trente encor auec nous font de l'intelligence,
Ils se rendront au Temple & feront leur deuoir,
L'on peut en vn besoin tout le peuple esmouuoir.

THOAS.

Allons donc pour les joindre, allons braue Tyrene,
Secondons nostre Prince, & deliurons Missene.

TYRENE.

La nuit nous fauorise & tout nous est permis,
La Iustice est pour nous, les Dieux sont nos amis,
Le Temple n'est pas loin, acheuons l'entreprise,
La prudence qui veut qu'on use de surprise,
Ne permet pas aussi qu'on retarde vn moment.

THOAS.

Mais quelqu'vn vient icy.

TYRENE.

Sortons donc promptement.

SCENE II.

MEROPE, PHILOCLEE.

PHILOCLEE.

IL ne faut plus chercher cet assassin, ce trai-
stre,
Vn traistre comme luy l'aura faict disparai-
stre,
Et nous auons couru tout le Palais en vain.

MEROPE.

Nous n'accomplirons point vn si iuste dessein,
O Destin trop cruel! ô Ciel plein d'iniustice!
Qui sauue vn parricide, on l'arrache au supplice.

PHILOCLEE.

Helas!

MEROPE.

Tout nous perd, tout nous nuit,
Le Tyran est armé, l'homicide s'enfuit,
Il euite ce fer, la mort, & ma colere,

PHILOCLEE.

Auec nos ennemis le Ciel nous est contraire.

MEROPE.

Le Ciel veut ma ruine, & mon sort s'accomplit,
Vn monstre furieux est entré dans mon lit,
Il m'a rauy l'honneur & deuoré ma race,
Vn auare assassin acheue ma disgrace,
Le Tyran, l'assassin, & le Ciel, & le sort, (cord,
Pour me combler d'ennuis auiourd'huy sont d'ac-
I'ay souffert tous les maux, & pour mon alle-
    geance
Ie ne sçaurois gouster le bien de la vengeance.
O rage! ô desespoir! large abysme ouure toy,
Fleuues débordez-vous, mõtagnes couure͂ moy,

Que de mes tristes iours la course est ant bornée,
Mes fiers persecuteurs suiuant ma destinée,
Qu'ils descendent tous vifs chez les noirs habitãs,
En vain ie perce l'air de mes cris esclatans,
L'on a fermé l'olympe à ma iuste priere.

PHILOCLEE.

Nous tenons dans nos mains dequoy nous satis-
    faire,
Le chemin est ouuert qui conduit à la mort,
Et cecy sans les Dieux peut borner nostre sort.
Mais perdons auec nous les artisans du crime,
Suiuons la passion, l'esprit qui nous anime,
Et pour mieux nous vanger de tant de cruautez,
Que nos seules fureurs soient nos Diuinitez,
Et que ce mesme fer & nous perde & nous vange.

MEROPE.

Cette haute entreprise est digne de loüange,
Courage, executons ce dessein furieux :
Prenons, prenons la place & le foudre des Dieux,
Faisons perir Tyndare.

PHILOCLEE.

                        Il fuit vostre presence,
Et desrobe sa teste aux coups de la vengeance.
Ah Barbare ! ah cruel ! viés, viés tygre inhumain,
Viens chercher le salaire, il est dedans ma main.

Ie veux t'ouurir le fein, defchirer tes entrailles,
Et vanger Telephonte auant mes funerailles.

MEROPE.

Ah ce nom me remplit & d'amour & d'horreur!
Ce fanguinaire efprit en vain fuit ma fureur,
Qu'il aille fe cacher dans les eaux fous la terre,
Qu'il fe mette à couuert des efclats du tonnerre,
Et qu'il cherche vn azile à fon impieté
Où la pafle mort regne auec l'obfcurité,
Ma haine le fuiura dans ces demeures fombres,
I'iray le tourmenter chez le Tyran des ombres,
La rage dans le cœur, en la main les flambeaux,
Mes efprits irritez deuiendront fes bourreaux.

PHILOCLEE.

Vos fureurs iuftement vous rendent implacable,
Mais voftre aueuglement pardonne au plus cou-
    pable.
Vous fongez à vanger vos illuftres parens
Et penfant au meurtrier oubliez les Tyrans,
Ce font ceux iuftement que ma haine regarde.

MEROPE.

Allons donc les punir, allons, qui nous retarde,
Allons les poignarder iufques fur nos Autels,
Qu'ils ont rougis du fang du plus grand des mor-
    tels.

PHILOCLEE.

Dans noſtre deſeſpoir vſons de la Prudence,
Pour oſter le ſoupçon d'vne iuſte vengeance,
Dans ce triſte Palais attendons leur retour
Qu'auec eux l'aſſaſſin perde à l'inſtant le iour,
Que dans le ſang de trois nos armes ſoient plõgées,
Nous mourons, il eſt vray, mais nous mourons
    vangées.
De la fin de nos maux voicy le iour prefix,
Ie ſuiuray mon eſpoux, vous ſuiurez voſtre fils,
Le ſang nous a conjoints, & noſtre hymen nous lie.

MEROPE.

Mais quelqu'vn vient icy,

PHILOCLEE.

C'eſt

MEROPE.

Qui

PHILOCLEE.

C'eſt Cephalie,

SCENE III.

MEROPE, CEPHALIE, PHILOCLEE.

MEROPE.

APproche, approche & voy mes deſſeins im-
     parfaits,
Le ſort cruel s'oppoſe à mes iuſtes ſouhaits,
Le Ciel ſemble approuuer vn ſi grand parricide,
Des mains de la Iuſtice il ſauue l'homicide.
En vain d'vn fer vainqueur nous armons noſtre
     main,
Nous n'auons point trouué dans ces lieux l'inhu-
     main,

CEPHALIE.

Ie l'y croyois pourtant, mais il eſtoit au Temple,
Il recoit de ſon crime vn ſalaire bien ample,
Et ce Monſtre en triomphe au Palais eſt conduit,
Et ie l'ay deſcouuert dans l'aube de la nuit,
Au lieu de ſe cacher il veut que l'on le voye,
Et le peuple inſenſé jette des cris de ioye,
Et par vn bruit confus eſleue iuſqu'aux Cieux
Cet ennemy commun des hommes & des Dieux.

Vn

Vn nombre de soldats l'assiste & l'enuironne,
Le Tyran auec luy partage sa couronne.
Cét assassin impie à la suite d'vn Roy,

MEROPE.

Ce discours me transporte & me remplit d'effroy.

CEPHALIE.

Mais i'entends quelque bruit.

MEROPE.
Ma fureur est extreme,
CEPHALIE.

Ie croy l'apperceuoir, oüy, c'est luy, c'est luy-mesme.

SCENE IV.

TELEPHONTE, MEROPE, PHILO-
CLEE, CEPHALIE.

TELEPHONTE parle à ceux de sa suite.

QV'on ne me suiue pas.
MEROPE.

Suiuons la passion.
M

TELEPHONTE,

CEPHALIE.

Il vient seul.

PHILOCLEE.

Seruons nous de cette occasion.

TELEPHONTE.

Ie veux voir si la Reyne à qui ie dois mon Estre,
Par quelque instinct secret me pourra recon-
noistre.

MEROPE.

Allons sans retarder massacrer l'inhumain :
Mais d'où vient que ce fer me tremble dans la
main,
D'où vient que ie paslis, que d'horreur ie fris-
sonne.

PHILOCLEE.

Le courage au besoin ainsi vous abandonne,
I'executeray seule vn acte si pieux.
Ah traistre tu mourras !

TELEPHONTE.

O Dieux que voy-je !

PHILOCLEE.

O Dieux !

TELEPHONTE.

N'est-ce pas Philoclée ?

PHILOCLEE.

Ouy c'est elle.

MEROPE.

Inhuma.

Deuenez-vous perfide en retardant sa peine,
Qu'attendez-vous?

PHILOCLEE.

Helas!

TELEPHONTE.

Suis ton intention.

MEROPE.

Vous laissez-vous flechir à la compassion,
Apres ce qu'a commis ce Demon detestable?
C'est vne impieté que d'estre pitoyable;
Laissez, laissez moy faire.

PHILOCLEE

Ah retenez ce bras!

MEROPE.

Non ie me veux vanger par vn iuste trespas,
En vain vous m'empeschez, la fureur me surmonte.

M ij

TELEPHONTE,

PHILOCLEE.

Trêperez-vous vos mains au sang de Telephöte?

MEROPE.

Telephonte,

PHILOCLEE.

C'est luy

MEROPE.

Dieux que me dites vous!

PHILOCLEE.

Vous voyez vostre fils, & ie voy mon Espoux.

MEROPE.

Il n'est pas mort,

PHILOCLEE.

Non, non.

TELEPHONTE.

Quelle horrible colere

Arme contre ma vie, & ma femme, & ma mere.

MEROPE.

Nous n'auions pas dessein mon fils de t'outrager,

Au lieu de te punir, nous voulions te vanger.

De nos pieuses mains tu vois tomber les armes.

PHILOCLEE.

Cōnois nostre innocence, & vois couler nos larmes,

TELEPHONTE.

Ne suis-je pas frappé d'vn iuste estonnement?

PHILOCLEE.

Ah surprise agreable! Ah doux rauissement!
D'vn Tygre furieux, tu n'es donc pas la proye?
Il faut que la douleur face place à la ioye.

MEROPE.

Viens & ne crains plus rien mon fils, embrasse nous
Sans vn secret instinct j'allois nous perdre tous,
Nature me retient de faire vn parricide:
Mais pourquoy voulois-tu passer pour homicide?

TELEPHONTE.

Pour mieux executer le dessein que i'auois.

MEROPE.

Enfin malgré le sort mon fils ie te reüois
Quel bon-heur impreueu succede à nostre peine?
O femmes! ô soldats! ô peuple de Missene!
Accourez & voyez Telephonte viuant,
Helas ie me repais d'vn bonheur deceuant.

O mon fils ie te perds lors que ie te rencontre,
Ie te vois auec crainte aux lieux où regne vn
　　Monstre,
Et tu trouues la mort en trouuant tes parens :
Mais fuis pour euiter la fureur des Tyrans.

PHILOCLEE.

Fuis mon fidelle Espoux de cette terre ingrate,
Nous craignons iustement la fureur d'Hermo-
　crate.

TELEPHONTE.

N'apprehendez plus rien.

MEROPE.

Tout est a redouter.

TELEPHONTE.

Il n'est plus en estat de vous persecuter,
Que loin de vostre esprit la crainte soit bannie,
Les Tyrans sont esteints auec la Tyrannie.

MEROPE.

Pouuons-nous esperer cette felicité ?

PHILOCLEE.

O Ciel!

TELEPHONTE.

Ils ont perdu le Sceptre & la clarté.

MEROPE.

Ah! d'vn acte heroïque exemple illuftre & rare:
Mais fais-nous ce recit.

TELEPHONTE.

      Si toft que Demochare
Eut appris mon treſpas, qu'il creut legerement,
Les Dieux pour le punir troublans ſon iugement,
De le fauoriſer la Fortune eftant laffe,
Il me conduit au Temple, & fier & plein d'audace,
Iuſqu'aux pieds de l'Autel i'accompagne ſes pas:
Il aborde ſon pere, il luy parle affez bas,
Il luy conte ma mort, & pour l'ofter de peine,
Voicy, ce luy dit-il, le vainqueur que i'ameine.
Hermocrate à ces mots d'aiſe tout hors de ſoy,
Quitte le ſacrifice & ſe tourne vers moy:
Ie ne perds point de téps, & pour punir ſon crime,
Du coufteau qui deuoit efgorger la victime
Ie frappe le Tyran, & luy perce le ſein,
Le voyant à mes pieds, ie pourſuis mon deffein,
Et les armes au poing i'attaque Demochare:
Luy ſurpris de ce coup, me nomme ingrat, barbare,
Il demande ſecours, il appelle les ſiens,
A moy, dit-il, ſoldats, à moy Meffeniens,
Venez, venez vanger voftre illuftre Monarque,
 Qu'vn traiftre a fait tomber dans les bras de la
  Parque.

C'eft moy dis-je, qui fuis ton legitime Roy,
Seconde Telephonte, ô mon peuple fuis moy !
A ce nom il fe trouble, & chacun me contemple,
Vn murmure confus fe refpand dans le Temple.
Auec moy l'on diroit qu'ils veulent tous mourir,
Pas vn d'eux toutesfois ne me vient fecourir :
Et ce peuple incertain ne fçait ce qui doit faire.
Demochare tandis qui veut vanger fon pere,
Ardent à ma ruine, auide de mon fang,
Excite fes foldats, & marche au premier rang.
O Ciel ! dis-je aufsi-toft, s'il faut que ie fuccombe,
Fais que mon ennemy me fuiue dans la tombe,
Et qu'il n'ait pas le bien de viure apres ma mort.
Seul i'allois fouftenir leur violent effort :
Mais pour me garantir des coups de la tempefte,
Voicy des gens armez, & Tyrene a la tefte,
Il vient à mon fecours, perce iufqu'à l'Autel,
Luy monftrant le Tyran, frapé d'vn coup mortel,
Ma voix l'incite encor d'en efteindre la race,
Du fang des ennemis il fait rougir la place,
Et difpenfant mon bras d'vn combat inefgal,
Nous laiffe feul à feul Riual contre Riual.
Icy chacun de nous veut montrer fa vaillance,
Et chacun de fon pere entreprend la vengeance.
Tous deux dans ce duel égallement armez,
Tous deux égallement de fureur animez,
Cherchons dans le peril, ou la mort, ou la gloire,
Enfin mon ennemy me cede la victoire,

Il

Il succombe, & la mort erre dedans ses yeux,
Lors en luy reprochant son crime odieux,
Suy, luy dis-je, Hermocrate, allez Tyrãs infames,
Chercher dans les enfers des Sceptres & des fem-
    mes,
Des Royaumes nouueaux, de nouuelles amours,
Et finissant sa vie auecque ce discours,
Parmy des flots de sang son ame criminelle
Du Temple est descenduë en la nuit eternelle,
En ces lieux de Cresphonte ils ont les iours finis,
Et dans ces mesmes lieux ils ont esté punis.

MEROPE.

Vn renom immortel suiura ceste victoire,
Que mon fils a d'honneur.

PHILOCLEE.

               Et mon Espoux de gloire
Nous ne iouïssons plus d'vn bon-heur deceuant.
Qu'est deuenu Tyrene? est-il encor viuant
Ou mort dans le combat?

N

SCENE DERNIERE.

TELEPHONTE, TYRENE, MEROPE,
PHILOCLEE.

TELEPHONTE.

N'En soyez plus en peine,
Ie l'apperçoy qui vient, approchez-vous Tyrene,
Et venez prendre part à ma felicité.
Ie ne puis trop loüer vostre fidelité,
Ie veux que vos vertus reçoiuent leur salaire.

TYRENE.

Ie n'ay fait aujourd'huy que ce que i'ay deu faire,
Les sujets en naissant doiuent tout à leurs Rois.

TELEPHONTE.

Les Dieux ont exaucé tous nos vœux à la fois,
I'ay vangé par le sang mes freres & mon pere,
I'ay deliuré ma femme & mon peuple & ma mere,
Aux riues de Pamise on verra desormais
Fleurir la liberté, la Iustice, & la paix.

F I N.